この感情が思い出に変わる頃には、

善意の第三者 著

扶桑社

Contents

この感情が
思い出に
変わる頃には、

第十五話　この先楽しいことだけがあればいい。
第十六話　準備が楽しいのはまだ結果が出ていないからだ。
第十七話　好きな本でモモを上げる人に悪い奴はいない。
第十八話　人生はまだ続く。
第十九話　君の目には僕がどう映っているんだろうか。
第二十話　手を伸ばしたら届くものと手を伸ばしたら届かなくなるものがある。
第二十一話　誰かのせいではなく誰かのために。
第二十二話　君がいた世界はとても色付いていた。
第二十三話　わかってくれ、わからせてくれ。
第二十四話　この先のことなんてわからないけど、今この瞬間はわかるのだから。
第二十五話　それでも朝日は昇り、夕日は沈む。
第二十六話　自分は自分が思っている以上に何もできない。
第二十七話　数えきれないほど人には言えないことをしてきた。悪いこともいいことも。
第二十八話　誰にも届かない僕らの歌。
第二十九話　諦めきれないと諦めた。

プロローグ　物語の始まりなんて、大体こんな感じだ。

希望とは何か。悲しい言葉だ。希望とは常に未来の状態だから。

絶望とは何か。悲しい言葉だ。絶望とは常に現在の状態だから。


僕の名前は羽下結月《はねしたゆづき》。結月と書いて『ゆづき』。この名前が女の子みたいで嫌いだった。だから小学校の時から友達からは『ゆづき』じゃなく『ユウキ』という別の読み方で呼んでもらっていた。親にもらった名前、申し訳なく親にそう言うと、「私たちはあなたの名前に想いを込めた。だけどあなたの人生は私たちが込めた想いでは無く、あなたの想いが最優先なのよ」そう優しく伝えてくれた。だからその想いの漢字は背負ったまま、ユウキとして僕は生きている。


「ゆづ君、面会時間も終わりだね」

そんな前振りを無視して『ゆづ君』と呼んでくれるのは幼馴染の水無瀬凛音《みなせりおん》。この子だけが僕を唯一『ゆづき』読みのあだ名で呼んでくれる。

病室のベッドに座るロングヘアの女の子。ベッドの隣には彼女の好きな恋愛小説と読書眼鏡が置いてあり、それを夕陽が照らす。凜音は病室に似つかわしくない制服姿で、その名が体を表す通り凜とした瞳で、だけど悲しそうに、だけど優しく微笑んでくれた。

「そうか」

僕は凜音の頭をポンと撫でて立ち上がった。僕はこの絶望を希望に転換しなければならない。僕は絶望に勝たなければならない。僕の人生にこんな劇的なシーン、予定になかったのに。


凜音は伏し目がちだった顔を上げ、口を開いた。

「今日までお見舞いありがとう、このドアを開けてくれたゆづ君は私のヒーローだったよ」

涙を堪《こら》えているはずなのに、それは美しい笑顔だった。

「凜音あのさ、」

「時間だよ」

凜音が言葉を遮《さえぎ》った。凜音は幼馴染だ。だから凜音は僕が何を言おうとしたか察して遮ったのだ。だったらその気持ちは受け取らないといけない。僕は言葉を飲み込んだ。館内では面会時間終了のアナウンスが流れている。僕は背を向け、手を振り絶望の病室から希望の出口へ歩を進める。

「ありがとう、きっと人生で一番好きだったよ」

振り返らずにそう言った。

「ありがとう、ゆづ君。私だって君に負けないくらい好きだったよ」

その声を聞いて部屋を出る。ドアをガチャリと閉める。それが、その音が、病室に凛音を封印してしまったような罪悪感に苛《さいな》まれる。

「せめて、せめて、これから先あなたが後悔しませんように」

ドア越しに呟き、祈り、息を吐く。そして息を吸う。


僕は止まっていられない。走らないと。人生はまだ続く。門で待つあの子に伝えなければならない。僕の人生は、ここから分岐するのだ。人並みな、平凡な人生はとっくに終わっているんだ。

この感情が思い出に変わる頃には、僕は君のそばにはいられないのだから。

第一話　清涼飲料水の新作ＣＭが流れると夏が訪れる。

季節は初夏。なのか。五月って。まぁ、そんな時期。華々しき高校の入学式も終えてゴールデンウィークも明けた。慣れてきた高校生活。『なにかやらかしてみたい　そんなひとときを青春時代と呼ぶのだろう』そんな歌を思い出す。しかしながら人並みな男子高校生。僕の人生は人並みなのだ。ありきたりでどこにでもある人生。そんな人生に起伏はないのだ。


「なぁ結月、お前部活入らなかったんだよな」

高校に入ってから仲良くなった悠里が話しかけてきた。伊《い》坂《さか》悠《ゆう》里《り》。入学式後、自己紹介で二か月以内に学年全員と話すという謎な目標を宣言し、さらには前倒しのゴールデンウィーク前に実績を解除したような、僕には理解できない過激な思想を持つ奴だ。その悠里に僕は返す。

「部活は入らなかったけど、図書委員会には入ったし放課後に暇はしないかな、って。悠里はどこに入ったんだっけ？」

目線の先、昼休みの中庭はバレーボールなどで賑わっている。僕らはそれを眺めながらの食後の休憩中だ。

「俺は結局どこにも所属しないことを選んだんだよな」

悠里は食べ終えたパンの包み紙で手遊びしながら答えた。

仮入部期間、悠里は片っ端から部活に仮入部していた。僕も何件か誘われて同行したが、悠里の運動能力の高さの影に隠れて僕については誰の記憶にも残っていない。それが僕の悲しみを背負った仮入部だった。一方で悠里は色々な部活から勧誘を受けていた気がする。

「というかさ、俺、この学校で生徒会長になりたいなと思ってんの。学年中の人と話をしたのもその布石。その最短ルートを考えていてさ。そのルートで部活に入るというのは違うかなと思って。だからどこにも入らなかったんだよ」

僕のような人間には理解できない夢を聞かされた。あまり聞かないタイプの目標だ。

「どっかの部活で名前を売るのが生徒会リアルタイムアタック的にも最適なチャートなんじゃないのか」

僕は甘々のミルクティーに口をつけながら言った。

「いやー仮入部で見ていたんだけど、サッカー部は野球部と仲悪かったり、バレー部はバスケ部と仲悪かったりするんだよ。この高校。だからさ、どこに属してもどこかから妬《ねた》まれそうなので部活は諦《あきら》めたんだよ」

そんなもんなのかね、仮入部でよくそこまでリサーチできたな、と思っていると悠里が続けて言った。

「そうだ、ちょうどいいや、お前の入っている図書委員会に俺も入ってもいい？　敵少なそうで実績も積めそうだし」

予想していない角度からボールを投げてきた。

「いや、そんな居酒屋みたいにふらっと入れないだろ。そもそも僕決定権ないし」

「あー、いいよいいよ、おいでおいで。男手はあって困らないどころか必要だからさ」

たまたま通りかかった図書委員の委員長が承認を出して風のように去っていった。悠里のＬＵＣＫ値高すぎない？　人生イージーモードで設定してんの？　ねぇ、だとしたら設定変更の方法を教えてよ。

「ってことらしいな。じゃあ改めてこれからよろしくな」

悠里は手持ちの無糖紅茶を僕のクソ甘ミルクティーの紙パックに乾杯するように近づけた。


本当にその日の放課後の図書委員会に悠里はいた。五割ぐらいはその場のノリかなと思っていた。しかも業務を一回説明すると「大体わかった」といって完璧に把握にする。何なら僕よりも手際がいい。無敵だな、コイツ。その人生を楽にするチートコードついでに教えてほしいんだが。というかステータスマップみせてくれ、どんな風に割り振りしているんだよ。どうせコーンフレークの栄養素のグラフみたいに巨大六角形なんだろ。

結局予定の半分ぐらいの時間で説明も終わった。利用者も減ってきたので、あとはカウンターに座り授業で出された宿題を処理したり、本を読んだりする。楽な仕事だ。すると悠里が話しかけてきた。

「なぁ、一つ聞いていいか」

「おう」

僕は今日の宿題を続けながら、悠里はスマホに説明した業務をまとめてながら話す。

「結月がよく一緒に登校している女子、いるじゃん」

「幼馴染だ」

即答する。いつも聞かれるこのやり取り。もう辟易《へきえき》している。

「あれ彼女？」

「幼馴染だ」

「毎日一緒なのに？」

「幼馴染だ」

「たまに昼休み一緒に飯食ったりしているのに？」

「幼馴染だ」

「そうなの？」

「そうなのだよ。私はゆづ君の幼馴染なのだよ」

その僕の幼馴染、水無瀬凛音がご自慢の長い髪を揺らしながら図書室に入ってきていた。

だからなんなんだよ悠里のエンカウント率の高さ。会話に入ってきた彼女は水無瀬凛音。

僕と一番長い付き合いの幼馴染だ。

「とは言ってもそんじょそこらの幼馴染じゃないけどね。スーパー幼馴染なのだよ」

そんじょそこらってどこらだよ。そしてなぜか胸を張る凛音。なーにが誇らしいんだか。

「なるほど、スーパーな幼馴染なんだね」

凛音と悠里の間で解決したようだ。ただ、悠里の『スーパー』のイントネーションがスーパーマーケットのスーパーなのが気掛かりだ。

「そうなんだよ。改めてよろしくね、えっと伊坂くん」

そう言ってなぜか敬礼する凛音。そしてそのまま自然に僕の隣に座る。あのね、ここ、図書室のカウンターなんですけどね。凛音さん。

「よろしくね、いつも君の結月君をお借りしています。水無瀬さん」

ご丁寧にあいさつをする悠里。やっぱりちゃんと名前覚えていんのね、流石。というか凛音の僕じゃねぇよ。所有権を移転させないでくれ。管理者権限を割り振るな。

「私のことは凛音でいいよ。こんな彼でよければいつでもどうぞ、伊坂くん」

僕の心情なんて気にせずに返す凛音。

「凛音、だったらこいつのことは悠里でいいよ」

なんかムカついたので割り込んでおいた。

「お前が決めんのかよ」

嬉しそうに悠里が笑う。その笑い声で僕らの、高校時代のパーティが出来上がった。

学校がなければ重ならないような僕たちだけど、この青春時代は重なって歩いていく。生徒会を目指す悠里、ピアノに魂を奪われて将来はピアノ奏者を目指すのであろう凛音、人並みな人生を歩く僕。今も見つめる先も、そんなに接点がないのかもしれない。だけどもこの学校でこの瞬間に同じ空間にいるというだけの接点でここまで重なることになる。

多分、十年、二十年たった後、青春時代って何なんだろうと思った時、思い浮かぶ光景はこの三人の時間なのかもしれない。そしてこの先もずっと、ずっと続く、そう根拠はないけど確信めいた直感があった。

第二話　夏が恋しくなると冬が訪れる。

夏が駆け足で過ぎ、高校一年の冬になった。僕らの関係は何も変わらなかった。それは今思えば幸せなことだった。悠里は生徒会に入るための知名度アップ活動をどんどん広げていった。今では上級生にも名前が広まり、自分のクラスにいる時間よりも他のクラスや、他の学年、職員室にいる時間が長くなってきた。以前聞いた生徒会に入るという目標は与太話でもなんでもなかったようだ。

登校するとそんな悠里が珍しくクラスにいた。

「なぁ、悠里一つ聞いていいか」

「なんだ」

十秒で自分を変えるみたいなタイトルの本を読んでいる悠里が向き合ってくれた。悠里は自己啓発本ばかりを穿《うが》った目で読み漁《あさ》っている。そういえば凛音は恋愛小説しか読まないよな。僕の周りは偏食家が多いな。

「なんで生徒会に入りたいんだ？　そういうモチベのやつ見たことないからさ」

少しだけ考えた顔をしてから僕の目を見た。

「んとね、俺にも君にとっての凛音ちゃんのような幼馴染ってのがいるのよ。そいつは隣の高校に行ったの。そいつとの約束。生徒会に入り合って学校交流会を開催してそこで会おう、そこでお互いの成果を確かめ合おうって」

悠里がスマホを差し出す。そこに映っている写真は、幼い悠里とかわいらしい男の子。仲良さそうにふざけている姿だった。

「友達との約束ってことね。けどなんで生徒会なんだよ」

別に生徒会以外でも交流できるし、なんならどこに属さなくても隣の学校なら普通に会える距離だ。

「もう一人親友がいるんだよ。この写真を撮った奴がな」

一瞬悠里の目が揺らいだ。

「何か意味ありげだな」

僕は悩んだものの聞き返すことにした。悠里は一拍おいて答えた。

「その子をさ、俺ら二人が助けられなかった。その贖罪《しょくざい》みたいなもんだ。だからこれ以上誰も失いたくない。そのための力が欲しいんだよ。人一人でも救える力が」

力が欲しい、か。悠里のほうを見た。真剣な目、だけど遠い目だ。

「詳しくは聞かないけどさ、その救える力が生徒会っていう権力なのか？」

「もちろん違うさ。そういう意味だと助けてほしいという声を聴くことができる、そういう力が救える力だよ。問題を解決できる前提は問題を認知していること。問題を認知できる前提は問題を相談してもらえること。だから、誰からも話してもらえる奴が最強なんだよ。それが高校だと生徒会になるかな、って」

「お前ならもう達成してるんじゃねーか」

本心から思う。悠里ほど人と話して、聞いている奴を見たことがない。過去に何があったか知らないが、今しか知らない俺にとっては完璧超人にしか見えない。

「そうでもないさ。まだ足りない。俺は助けて欲しい、を一番聞ける人間になりたい。一番聞いた耳になりたい。そして聞くだけじゃなくそれをすべて解決してやるんだ」

そう揺らいだ目がいつもの目に戻っていた。そして廊下のほうから知らない誰かに呼び出されたようで、返事をして歩いて行った。背負っているもんが違う、ねぇ。

「力が欲しいから、らしいよ」

凛音と二人での帰り道、凛音から悠里がなぜ生徒会にこだわるかを聞かれたので、聞いた話をザックリ要約しながら話した。

「力かぁ。私は好きな人一人救える力があればそれでいいかな」

凛音は嬉しそうに僕の横を歩きながら言った。

「おお、凛音にも好きなやつができたのか、彼氏を連れてくる娘の父親の親心はこういう感じなのか。しみじみ」

「なに言っているの？　ずっと前から言っているじゃない、私が好きなのはゆづ君、君のことなのだよ」

真っ直ぐな目でこちらを見てくる凛音。幼稚園ぐらいからコイツずっとこれ言っているんだよな。

「はいはい、ありがとうね。幼稚園の夢、叶うといいね」

幼稚園で将来の夢のお絵描き時間、お花屋さんやサッカー選手など並ぶ中、恥じらいもなく僕のお嫁さんになると言い切った凛音。そこから揶揄《からか》われ続けた過去がある。というか進行形か。そういうこともありもう慣れてしまった。

「なかなか信じてもらえないなぁ」

そう言って凛音は後ろから僕に飛びついてくる。僕は凛音を引きはがす。長い髪が手に触れる。少し乱れてしまったので、撫でて髪を整えてあげる。

なんて言いつつも僕だってこんな鈍感主人公をやっているつもりはない。彼女の真面目な思いは何割かは分からないけど伝わっている。そしてその気持ちは嬉しいし、僕だってそういう気持ちは……実際ある。

初めて凛音のピアノ発表会行った時だ。幼稚園の彼女が着慣れないドレスに身を包み、ピアノを弾く姿を見たとき、その音を聞いた時、僕はとっくに心を撃ち抜かれている。美しい黒髪に。全てを見透かすような目に。ピアノに全身全霊で打ち込み、なんならそれ以外の、勉強や運動、料理とかそういうのはどうでもいい、最低限でいいと割り切ってギリギリしかしない彼女。お陰で絵も勉強も料理も苦手だし文字だって僕みたいな崩れた字を書いてる。だけどその分リソースをストイックにピアノに注いでいる姿に、僕は憧れているんだ。

とっくに、遥か昔に幼馴染から初恋の子に変わっている。凛音はこうして思いを伝えてくれるけど、僕がその思いに応えることでピアノに対する純粋な思いを邪魔してしまう。それは僕の好きな凛音じゃなくなってしまうし、凛音には今の凛音でいて欲しい。そんなわがままで踏みとどまってしまっている。彼女が好きだから彼女の好きなピアノを邪魔したくない。

簡単に言えば、最後の勇気がないだけだ。彼女のピアノ以上の存在になれるだけの価値がある人間になれる勇気が。

そんなことを思い、自分の弱さにため息をつく。

「悠里はよっぽど辛いことがあったんだろうな」

凛音は冷たくあしらわれたのが不満なのか膨《ふく》れて言葉を探していた。そしてちょっと時間をおいてから口を開いた。コロコロ変わるかわいいやつだ。うん、妹とかそういう意味でだよ。

「辛いことがあったとしても、今、前を見ているのならそれでいいと思うのだよ」

「そういうものかね」

凜音は大きくうなずいた。

「そういうものだよ。覚えているかな。私が小学校の頃、公園でゆづ君を追っかけて転《ころ》げてド派手に怪我したことあったよね」

「覚えているし、忘れられないよ」

あの後、両親から論理エラーが出るぐらい怒られた。女の子にケガをさせたんだからそりゃ仕方ない。凜音はそのまま隣の区にある救急病院に運ばれていった。この辺りの大病院ったらそこしかないとはいえ、救急搬送された凜音が流した血以上に血の気が引いた。その割には翌朝登校のお迎えに平然と現れた。逆に衝撃だった。

「あの時病院で応急手当をしてもらった後、病室を出ると同じ年ぐらいの子がいたんだ。弟ちゃんが自分のせいで搬送されて呆然と立ち尽くしていた。その時私に何ができるのか、ここに立ち会った私は何をすべきなのかと思ったとき、理論とかあるべき姿とか効果とかそんなものが全部吹き飛んでただその子を抱きしめていた」

僕はその光景を想像し息をのんでしまう。彼女は続けた。

「最初その子はびっくりしていたけど、しばらくすると、その子は涙を零《こぼ》して泣き出して、抱き返して縋《すが》り付いてくれた。そしていっぱいお話をしてくれた」

「そんなことがあったんだな」

今まで聞いたことが無かった。

「今でもその子と連絡とっているよ」

「お前もコミュ力の化身《けしん》かよ」

悠里といい初対面の人とそんなすぐ仲良くなれるもんかね。

「そんな言い方ひどいなー。だけど私の抱擁にはそれだけすごいパワーがあるのだよ。少なくともその子はそれで救われたんだ」

そう言ってまた飛び付こうとする凛音を引きはがしながら僕は歩く。

「んで、その子はちゃんと前を見ているから大丈夫、ということなのかな」

僕は話を戻そうとする。

「そうだよ。辛いとき、悲しいときは視線が下に下にとなっちゃうのだよ。そして自分の足元しか見えなくなったらおしまい。上とまではいかないけどせめて前を見ることができる、横をみて、仲間を見ることができないと。目標、じゃなくても約束でもできれば、前を見ることができる。たぶん、悠里君はその友達と生きるための約束を結んだんだよ。前を見るための約束。だからそれがあれば大丈夫」

凛音はそう言うと嬉しそうに僕の目の前にピースを突き付けてきた。独特の信念というか哲学をもち、常に明るくいてくれる凛音。そんな幼馴染を僕は誇りに思う。こんな彼女も前が見られない日が来るのだろうか、いや、そんな日が来るわけないよな。

第三話　季節以外何も変わらない毎日を過ごしていく。

冬はつとめて。何をお勧めするんだろう。府中かな？　と思ったら『つとめて』って早朝のことなのですね。そんな学のなさが露呈する導入をしながら、僕たちは高校一年生が終わる冬を迎えていた。

年も変わり、残すは三学期のみ。高校二年生も同じクラスになれたらいいなとか、ありきたりな会話をしながらもいわゆる青春を満喫していた。夏には海に行ったし文化祭ではクラスの出し物でひと悶着あって人間的にも成長したし、クリスマスはクリスマスパーティもした。そこで闇鍋もした。闇鍋にはソフトキャンディを入れた。すごく怒られた。やりたいこと大体できた気がした。無敵だった。だけど、それはあくまで一般的な高校生と同じレベルのはずだ。僕の人生は人並みで劇的な要素は何もないのだ。ロングショットで見たらなにも起こらない。僕は悠里のように劇的な別れや向かうべき約束もなければ、凛音のピアノのように目指す目標もない。僕には人並みに友達がいて、人並みに夢を探して、人並みな別れを経験する、そんな人生なのだ。

この一年、図書委員で本もたくさん読んだ。読んでよかった本も読まなくてもよかった本も。相変わらず悠里は啓発本ばっかり、凛音は恋愛小説ばかり読んでいた。それ以外は認めないという勢いで。そうして高校一年の三学期、この学年で唯一人、そう悠里にとってのみ待ちに待った生徒会選挙の告示があった。悠里は立候補した。結果は言うまでもない。正しい努力が報われない社会なら滅びろっていうもんだ。

そして当選が決まった日の放課後、悠里に食堂近くの休憩スペースに呼び出された。

「結月、お前副会長な」

いきなり告げられた。うん、なるほど、わからん。日本語はわかるのだが文意がわからん。

「あれだな、バッターボックスに入ったらピッチャーではなくキャッチャーが全力投球してくるぐらい意表をついた話を持ってきたな」

と言いつつも考える。うちの高校は生徒会長と各役員は選挙で決定される。副会長などはポスト指名制で、通例では会長選挙の次点が就任するらしい。確か今年は悠里がやりすぎたので候補者一人の信任投票になっていたっけ。なるほど、ようやく話が見えてきた。

「頼むよ、一年ポッキリだから！　都会じゃみんなやっているよ、全然怖くないからさ、一回だけでいいからさ、マジ飛べるよ」

「いやもうちょっといい誘い方あるだろうが。けど世話になっているからな。いいよ、やるよやるやる。隣の高校にいったお前の友人ってやつも気になるしな」

そんな感じでとても頑張った悠里とは逆に低カロリー省エネで生徒会に入ることになった。こんな不純な動機で本当にいいんだろうかね。

「引き受けてくれてありがとな、お前のそんなところ、嫌いじゃないぜ」

「どういたしまして、お前のそんなところも嫌いじゃないぜ」

お互い皮肉を言い合い、笑い合った。そして悠里は隣の自販機に小銭を入れ購入した後、缶をこちらに投げてきた。

「礼だ、取っとけ」

缶ジュースをお礼に投げて渡す。青春小説なんかでよくある風景だ。俺もお礼をいう。だけど放物線じゃなく直線で、全力投球でこっちに投げつけるの、本当にやめてほしい。そして缶ジュースじゃなく、缶のおしるこなのも本当にやめてほしい。

来年度から僕みたいなものが生徒会か。人並みな人生もちょっとしたスパイスがあるもんなんだな、とらしくもなくウキウキしながら教室に鞄を取りに戻る。ちょっと話し込んだこともあって誰もいないかと思ったら、そこには凜音がいた。机に座り、足をプラプラさせながら。その揺れに合わせて綺麗な黒髪もゆらゆらと揺れている。

「凜音じゃないか。そんな凜音にはこのおしるこをあげよう」

「ありがとう、丁度おしるこの気分だったのだよ」

どんな気分だ、という前にシャカっと振ってプシュっと開けてグイっと飲みだす。おい、凜音よ。煽《あお》るなよ。おしるこは喉越しを楽しむものじゃないぞ。

「悠里君に呼ばれていたよね、何の話だったの？」

ちょっとだけ悲しそうに凜音は言った。その理由はわからない。

「あぁ、そうだそうだ、来年度は僕が生徒会副会長をやることになりそうだよ」

「そっか、やっぱりそうなっちゃったのか」

さらに凜音の顔に陰が下りた。ただの呼吸が溜息のように見えた。

「何か不都合があったかな？」

その質問にすこし凜音は何か考え込んでいた。しばらく無言が続いてから凜音は口を開いた。

「うーん、なんにせよこっちの話なのだよ」

頭を少し抱えて、そしてちょっと遠くを眺めて、一瞬真面目な顔をして、またいつもの顔に戻って。ぎゅっと目を閉じてから、そしてやっと言葉を紡《つむ》いでくれた。

「あのさ、ゆづ君いつもの感じじゃなくて、真面目に聞いてほしいのだけど」

手に持ったおしるこの缶が震えている。誰かの心情のように。

「私は幼稚園の時からゆづ君、あなたしか見てないのだよ。私が怪我をした時誰よりも、私よりも悲壮感を持ち、全力で救おうとしてくれた君を。私が弾くピアノを好きだと言ってくれる君を。私の名前をきれいな名前と言ってくれた君を。人並みな人生とか言って、その分他人の人生に一生懸命になれる君を」

「私はさ」

呼吸音すら、心音すら聞こえそうになる。空っぽなのはおしるこの缶なのか、僕の気持ちの準備なのか。言葉が詰まり時間に余白が生まれた。なのに僕には言葉をはさむ余地がない。


「私は、君と付き合うことを決めたから」

そう、決定事項を告げられた。

その日僕らは幼馴染からもう一つステップアップした。凛音はこの問題に真剣に向き合ってきた。逃げていたのは僕を捕まえるためにだけどあの空気、空間、僕らの心の速度。すべてがちょうど規定値を上回っていたのかもしれない。そのフラグが立つための条件の。僕だってこの問題から逃げていたわけではない。だけど僕の人並みの人生にはもったいないと勝手に自分で越えられない壁を作っていたのかもしれない。もしくはこの関係を壊すことを凛音以上に恐れていたのかもしれない。だから凛音に見合う人間になってから、という理由を作っていたのかもしれない。

色々ごちゃごちゃ言ったけど、僕は凛音が好きで、凛音も僕が好きだった。最後の一押しが何かはわからないけど、最後の一歩を飛び出した凛音をしっかりと受け止めることができた。それがうまく重なった。逃げることをやめることができた。その日、僕の平凡な人生がほんの少しだけ色めき立った。僕と凛音はスーパー幼馴染からもう少しステップアップした。それは副会長になるより、もちろん嬉しかった。

第四話　日差しが暖かくなり、草木と共に僕らの関係も少し成長する。

高校生二度目の春。春といえばプラハの春かもしれないけど、これから生徒会として学校に革命を起こすべく本格的に活動していく僕たちの春も不安が大きい日々。

あの日付き合いだした僕らだけど、そこから大きく何かが変わることはなかった。凛音とは（スーパー）幼馴染からもう少し深い関係になった。でも何も変わらなかった。いつも通り朝一緒に登校して、学校で会話して、たまに一緒に帰って休みに出かけたりする。それを僕が望んでいたし、凛音もそれを望んでいた。と思う。そもそも、とても近い関係だったので、それは悪いことでも何でもないと思っている。案の定クラスメイトや親友には揶揄《やゆ》されたけど、別にそれは付き合う前からそんな感じだったし、それも含めて楽しい学校生活を送ることができていた。何も変わらない。僕らの関係も、悠里との三人の関係も。そしてやっぱり、この平凡な、僕の人生も。

春といえば桜の季節。ただし実物の桜を見るより街角で広告の桜が先に開花する資本主義社会。巷《ちまた》で人気の甘いコーヒー屋さんではピンク色の生クリームモリモリで桜ナンチャラとかいう季節限定品が売り出されている中、僕と凛音は通年メニューが変わらない近所の純喫茶にいた。

行きつけでマスターとも仲良く、サービスをしてくれる。だけど、普通喫茶店のサービスって軽食を多めに出してくれるとかだと思うのだけど、タチの悪いことが多い。今日だって僕はアイスコーヒーを頼んだんだが、

「結月くん、サービスしておいたよ。これ、コーヒーマシマシニガミシブミオオメ」

そんなジョッキに入ったコーヒーが僕の前にある。一方凛音には普通のサイズのティーソーダが届き、これ、サービスじゃなくて僕が遊ばれているだけじゃないのかという疑問が確信に変わるころ、僕は凛音にあの時のことを聞いてみた。

「なぁ凛音、どうしてあのタイミングだったんだ？」

「あのタイミングって？」

凛音がティーソーダをストローで攪拌《かくはん》している。グラスの炭酸の泡が宝石のようにキラキラ光り、宝石のような泡が紅茶を滑るように昇ってゆく。

「どうしてあの日に告白してきたんだ？」

空気が止まった。ティーソーダの泡が弾ける音だけが僕らの間を駆け抜ける。しまった、言葉を間違えた。

「嫌だったの？」

ティーソーダの氷を混ぜている凜音の手も止まっている。その氷のように冷たい目が僕を刺す。

「そうじゃないよ。僕だって嬉しかったよ。だけど以前以後でさ、劇的な変化は無かったからさ」

「だめだよ、ゆづ君。わかってないね」

「わかってない？」

笑いながら凜音が切り返した。安心しきった笑顔に僕も安心する。

「そう、何かを変えるために、何かを得るために告白したのじゃないのだよ。誰にも渡したくないから告白したんだよ」

そう言ってちょっと顔を赤らめて一口ティーソーダを飲んだ彼女。その発言にこっちが照れてしまう。

「ありがとう、そう言ってもらえるだけで幸せだよ」

「そうだよ、ゆづ君は感謝しないとなのだよ。こんなに素敵な彼女さんがいるんだからさ」

そう言って胸を張る彼女。見ていて飽きない。

「あと、どうして告白してきたんだ、なんて聞き方はだめだよ。私は誰よりもゆづ君を思い続けてきた自信がある。それでもやっぱり私だって女の子なのだから、少しは不安になるし独占したくもなるのだよ」

そう言って僕を指さす彼女。反論の余地はない。配慮がなかったのは僕だ。凛音はそのまま続けた。

「確かにゆづ君のいう通り以前以後で大きな変化は無かったかもしれない。いきなりだったし、ぶっきらぼうな告白だったけど、それでも私にとっては震えるほどの一大イベントで逃げ出したくなるほど緊張したんだからね。さぁ、デートの続きをしましょうか」

真っ赤に照れた顔を隠すように席を立つ彼女。僕はそれに続く。僕よりもしっかりしている彼女に恥ずかしくなってしまう。


「今日は僕が会計する番だから外で待っていて」

「ありがとう、じゃあそうさせてもらうね」

そう言って僕は伝票を持ちレジの前に向かい、彼女は店の外へ向かう。


「ありがとうね。まさかあのマシマシコーヒーを飲み切るとは思わなかったよ」

マスターが別の角度からの感謝を述べてきた。

「やっぱり遊んでいますよね。僕で」

「ムシャクシャして、さ」

遠い目で突発的な犯行のように語るマスター。まぁ、普通にサービスしてくれる時もあるので感謝はしておく。

「今をしっかり楽しみなさいよ」

「はぁ」

いきなり話が変わった。マスターは真っ直ぐこっちを見ていた。

「ゲームには終わりがあるし、人生にも終わりがあるんだよ。だけど人生は一話ごとの切れ目もあるんだよ。最終話を意識しすぎて、今の話を視界の外にもっていくのは年老いてからでいいから、今は今だけを楽しむといいよ」

そういうとニヤっと笑う。

「なんか小説に出てくる含蓄《がんちく》ある喫茶店店主みたいですね」

「将来的にはその概念になろうと思っているよ。それじゃ、今を楽しんで、いい人生を」

「いい人生か悪いかわかんねーっすけど、人並みな人生っすよ」

そう笑い合って会計を済ます。お釣り細かくなっていい？　と言われながら一円の棒金《ぼうきん》渡されたのは愛嬌と思っておこう。

店を出る。店の前に凜音がいる。僕を見ると駆け寄ってくれる。これが幸せというものなんだな。

「そうだ、ゆづ君、今日はどこに向かうのかな」

楽しそうに歩きながら僕に話しかけてきた。

「新しい趣味、見つけたいなと思ってさ。それで色々見てみたいな、と」

「ゆづ君無趣味だもんね。僕の人生は人並みだーって言って自分の限界を勝手に作っては新しいことに挑戦して何かに熱中することすらなかったもんね」

「流石凛音。的確で、正論で、最短距離に心にくる言葉を投げてくるな」

わかっていたけど言語化されると心に刺さる。

「スーパー彼女だからさ。けど、新しいこと見つけるのはいいことだと思うのだよ」

「凛音でいうピアノみたいな趣味を見つけられたら人生もっと色付くのかな、と思ってね」

「ゆづ君、もし仮に趣味が見つからなくても、私といるだけで極彩色《ごくさいしき》の金ピカな人生が約束されているから大丈夫。それはゆづ君の言う平穏でも素晴らしき人生になるのだよ」

自信満々に親指を立てる凛音。そして続けた。

「あと私のピアノは趣味じゃないのだよ。私の人生なのだよ」

嬉しそうに笑っていた。

「人生？」

「ゆづ君は覚えてないと思うけどさ、私がピアノ続けている理由はね」

凛音が嬉しそうにステップを踏み、ぼくの二、三歩前に出る。そして長い髪と共に僕に振り向いた。

「凛音が幼稚園の時のピアノの発表会で僕が感動したと伝えたからだろ」

空気が止まった。凛音の綺麗な黒髪も揺れるのが止まる。

「……覚えていてくれたんだね」

凛音が僕に飛びついてきた。よかった、間違えてはなかった。

「ゆづ君、私に興味ないようでちゃんと興味もってくれていて、それを偶《たま》に出すの、ほんとズルいよ」

強く抱きしめられる。凛音が笑ってくれたら、それだけで僕はもう極彩色の金ピカな日々だ。


その日のデートで彼女は僕にギターを薦めてくれた。入門用のギターセットを買った。彼女は私のピアノといつかセッションできたらいいね、と言った。僕はそのギターを手に取りこれからの二人の未来を思い描き奏でる。

第五話　季節は加速する。あがいてももがいても。諦めても。

頬を撫でる風の温度設定が多少上がった五月の長期休暇明け。そろそろクーラーに課金しようかなとか思う頃。思えば一年前の今頃、悠里が図書委員に電撃参戦したんだよな、と思い出した。中庭のベンチに座っていた一年後には他校との生徒会会議の代表席に一緒に座っているとは考えもしなかった。起伏のない人並みな人生だと思っていたんだが。まだ僕の人生のガムには味が残っていたようだ。

生徒会では悠里が一気に物事を進めた。そして目標であった隣の高校との交流会が開催されることになった。悠里の約束の場所が実現した。そして今、この会議室に両校の勇士が揃い立ったわけだ。

「それでは第一回の生徒会交流会を始めます。まずは自己紹介から。神中《かみなか》高校　生徒会長の伊坂悠里です。この交流会は何か成果を出そうとか、大きなことをしようとか、そういうのじゃなく、両校困ったときに助け合う関係ができればと思います。よろしくお願いいたします」

悠里が一礼した。立派な挨拶だ。悠里はそのまま僕の紹介をしてくれる。

「で、隣にいるのが副会長の羽下結月です。ポジションはツッコミ、普段はテレビの教育番組で小学生向けの工作番組の進行をしてるワクワクすることしか能がない人間です」

「この会議室もトイレットペーパーの芯で作ったんだよ！」

一応全力でノっておいたが、初対面の人達の前でやることかよ。

「このように雑なフリにも乗ってくれるので好きにしてやってください」

悲しい。僕は一生あいつの手中で転がされ続けるんだ。


「こちらは星空台《ほしぞらだい》高校　生徒会長の武川未夢《たけがわみゆ》です。私はせっかくだから大きなことできたらいいなとは思いますが、まずは楽しめたら、と思っています」

同じく相手の生徒会長さんも一礼する。ショートボブの髪も同時に揺れる。活発そうな子だな、凜音とは真逆で多分僕の人生であまり関わらないタイプの人かな、とか考える。

「で、隣が副会長の中原宗太《なかはらそうた》、ポジションはボケで、普段はスモウレスラー、通り名はエドモンド中原です」

「ゴッチャンデフ！」

「今日、彼は基本的にはこの単語しか使いませんので、意思疎通よろしくお願いいたします」

「ゴッ！　ゴゴゴッ！　ゴッチャンデフ！」

「おい結月、あいつらやり手だぞ」

悠里が慌てふためきながら僕に話しかけてくる。どうでもいい。実にどうでもいい。

「そもそも何の勝負なんだよ。んで、あの中原さんが約束していた同級生か？」

「ん？　写真見せただろ、未夢のほうだ」

写真を思い返す。確かにパンツスタイルでショートカットだったから男と思っていたけど、生徒会長の武川さんのほうだったのね。確かに髪型こそショートボブになっているものの、写真の面影がある気がする。だめだな、固定観念が抜けてない。ぼんやりとした写真を思い出しながら、向こうの生徒会長の顔と重ね合わせていたら目が合っていたみたいだ。

「えっと、どうされましたか？」

「今思うと工作系教育番組ってゴミじゃなくて子供たちの未来を作っていたんだな」

失敗した。言葉が空を切った。ここまで空気って本当に凍るんだね。

僕のボケ以外、会議はすべて順調にうまくいった。個人的には図書室の両校の相互利用がうまく転がりそうなのでそれだけで満足だ。お、悠里が会議の締めの挨拶に入った。よし、終わり終わり。

「それでは以上にしたいと思います。では皆さん来週も結月君のワクワクに期待しよう！」

お前ら、いじめだよ、それ。

半泣きで席を立つと、悠里に呼び止められた。

「結月、俺ちょっと用事あるからその辺の人と一緒に帰ってくれ」

「いや、一人で帰れるし、そんなコミュ力ないよ」

なんだ僕バカにされているのか。僕だってひとりで帰れるんだぞ！

「そうか、おーい未夢、お前こいつと一緒に帰ってくれ」

「なんでそうなる」

僕は悠里の言葉を遮《さえぎ》る。

「あ、ワクワクの人ですね。行きましょうか」

「もうやめて」

誰も彼もが塞《ふさ》がってもない傷をえぐってくる。

「行きましょう、えっと、工作人の……」

「……羽下結月だ、ユウキでいいよ」

「では私も未夢でおねがいしますね」

そうなし崩し的に僕らは二人で帰ることとなった。

初対面らしい途切れ途切れでうまくなんとか会話を紡ぎながら僕たちは駅へ歩いていく。コミュニケーション能力上がってきたとは思うものの、さすがに初対面の人と切れ目なくしゃべることはできないな、まだまだ訓練しないとだなー。と、会話の切れ目でモゴモゴしていると未夢さんが話題を繋いでくれた。

「失礼だったらごめんなさい。書類見たとき、お名前ユヅキって書いてあった気がしたのですが、さっきユウキっておっしゃいましたよね。どちらが正しいのですか？」

未夢さんがそんなことを言ってきた。よく気づいたな。

「本名はユヅキ。女の子みたいな名前が嫌だったの。そこでユウキって呼んでもらってる」

「なるほどー、私も自分の名前の漢字が嫌いなんですよ。いつもひらがなで書いています」

「『みゆ』さんだよね、どんな漢字だっけ？」

実際覚えているけど、気持ち悪がられないためにわざと知らない体《てい》で聞いた。

「未来の未と夢です。未だ夢叶わず、みたいで嫌いなのです」

軽い溜息が聞こえた。なるほど、そう聞くと確かにちょっとネガティブな気もする。

「母がつけてくれたらしいのですが、どうしてこんな漢字にしたんでしょうね。それもあって母とはあまりよくない関係です。名前は理由の一つに過ぎないのですが、積もり積もって絶賛喧嘩中。半年ぐらい会話できてないんです」

あはは、という乾いた笑いとともに話してくれた。

「名前の意味はさ、こんな読み方カスタムしている僕が言うのもなんだけど、一回ちゃんと聞いたほうがいいよ。背景や序文を考えてくれていたりするからさ。勝手に正解をつくって勝手に嫌うことほど悲しいものないし」

うまく話せないけど伝わるかな、伝わってほしいな。

「うーん、私だって今の関係でいいとはもちろん思ってないですよ。だけど、なかなかきっかけがなくて。数か月口をきいてないので、もう無理かもですよ。話し方忘れちゃいました よ。多分、このまま、ずっと」

「……そうか、じゃあちょっと待ってろ」

僕はそのまま近くの自販機に千円札を突っ込んだ。自販機全体を見る。この時期なのに、おしるこがあるのを確認する。もうすぐ夏だぞ、と突っ込みを入れたいが、今それはどうでもいい。僕はおしるこのボタンを連打した。

「え、何しているんですか？　怖っ」

後ろから未夢さんにやばい人認定された声が聞こえる。だけど今やめたほうがもっとやばい人だと言い聞かせて自分の正解に向けた行動を続ける。連打を続け買えるだけ購入し、お釣りと数本のアッツアツおしるこをもって未夢さんのもとに戻る。

「スマン、買いすぎた。もらってくれ」

そう言ってこの時期に大量のホットおしるこを押し付ける。

「何考えているんですか？」

理解できないものを見る目で見られた。うん、理解できないものなんだろうけどさ。

「今日他校の生徒会との会議があった。初対面の他校の副会長がおしるこを買い込んでいきなり渡された。それを口実に親と会話してみたらいいんじゃないかな。別におしるこの話だけでもいい。仲直りしなくてもいい。なんなら親が大量のおしるこを見て何か言うかもしれない。そんなきっかけになるかもしれない」

「そんな簡単じゃないですよ。もう数か月話していないんですよ」

おしるこを押し返しながら未夢さんが言った。こんなこと言っちゃなんだがスマン、僕も要らない。

「今日がその最後の日かもしれないし、明日が最後かもしれない。もちろん終わりが来ないかもしれない。だけど、モヤモヤがあるんなら少しずつでも何か変えてみればいいんじゃないかな。そのキーがこのおしるこかもしれないよ」

僕はおしるこを押し付ける。手放して身軽になって一安心した。

「よくわかりませんが、ありがとうございます。信じていませんが好意として受け取らせていただきます。さすが悠里の友達ですね」

「あいつ友達しかいないだろ。一年の夏までに学年全員と会話するような魔人だぞ」

「だけど、深く付き合う人ってそんなにないでしょ？」

「……あー」

色々察した。

「と、いうことなんですよ。おめでとうございます、悠里の親友と認められたようで」

嬉しそうに笑う未夢さんをみて、少し照れてしまう。ちょうど分かれ道だ。無理やりに話を終わらそう。

「まぁ、そんな感じでこの辺りでお別れだね、またよろしくね、未夢さん」

「はい、結月さん。また次の会議で」


そうして別れを告げた。もちろんおしるこ如きで関係なんて変わらないと思うし無駄な千円突っ込んだと思っている。だけど、その関係が変わらなくても、その小さな波がまたどこかで、明日以降ででも何か大きな波になってほしい、ならなくてもこうして僕ら二人の会話の材料になっただけでも十分だと思うことにしよう。

未夢さんの親との関係が良くなればいいと思うし願ってはいるけど、多分ならないだろう。けど、なるかもしれない。バタフライエフェクトが起こるのかもしれない。

僕の人生に劇的な変化はない、平穏で、人並みな人生なのだから。だけど、周りの人は、劇的で素晴らしい人生を歩んでほしい。だから他人の人生には一生懸命でありたい、と勝手にそう思っている。

第六話　僕たち私たちの青春はとまらない。

腕が重い。これじゃ帰るころには私の腕が伸びてしまう。ホットヨガを始めた人みたいに腕が伸びて最終的には火を噴きテレポートできるようになってしまう。そうなったら結月さんに責任を取ってもらおう。

その原因たる私の鞄には、アッツアツのおしるこがおよそ千円分入っている。初対面の他校の男子におしるこを大量に奢《おご》られる女子なんて世界中探しても私ぐらいなものだろう。おしるこ女子、ここに爆誕。

初対面、と言ったけど、実はその人の話は友達からよく聞いていた。未夢なら仲良くなれるよって。人並みな人生とか言いながら人並み外れたことをしている人だから気に入ってもらえるよ、って。だからこんなぶっ飛んだインパクトのある出会いでも全然動じずに接することができた。……ごめん、ちょっとだけ嘘。動じた。想像の二割増しでラインを越えてきたから。何なら自動販売機で連打しているときはちょっと引いた。だけど彼は彼なりの主義主張があってそこに向かって彼なりの正解を求めた結果の行動だった。それが世間一般的に、結論として、正しい、正しくないとかではなく彼の中で正しい正しくないの尺度で行動しているから私も受け入れることができた。そうやって自分自身の正解をもって生きていけたら、そういうものにすがることができたら、納得して人生生きていけるんだろうな、後悔も少なくなるんだろうな。私と違って。

その結月さんが渡してくれた膨大なおしるこの缶。これを持って帰ることで何か私と母の関係が変わるのだろうか。かれこれ半年ほどまともに会話をしていない。私たちの不仲はたかだか千円程度で解ける、とは思えない。きっかけなんて忘れたけど色々なものが積み重なって、思春期なのもあるのかもしれないけど、その積層の結果が今のこの状況。積もり積もって私の本棚の積ん読以上に分厚い地層。それまでどんな距離感で会話をしていたのかすら忘れた。だからもう無理なんだよ。無理なのだよ。

家に着いた。ドアを開ける。ここ数か月、ただいまの声は出していない。現状が決していい状態だなんて私だって思ってないんだけど、その解決法がわからない。簡単じゃないんだよ、人生。他人から見たら簡単に解決できるような問題であっても、ね。

玄関に入り靴を脱ぎ、そろえようと屈《かが》みこむと鞄からおしるこの缶が零《こぼ》れ落ちた。どんどん出てくるおしるこの缶。拾うと別の缶が落ちる。わたわたと慌てふためいていると笑い声と共に母の声が聞こえてきた。

「未夢、どういう状況なのよ」

振り返るとすっごい笑顔の母がいた。

「私だってわからないよ」

私も笑った。数か月ぶりの会話はそこから始まった。簡単に物事は解決した。


当事者は物事を深刻に捉えがちになるのだという。私たちだってそうだったみたいだ。仲直りなんて些細《ささい》なものできっかけさえあれば、最後の一押しさえあればなんとでもなるものだったのだ。たかだか千円程度のおしるこで。

母が教えてくれた。京都の和菓子屋さんでバイトをしていた時、店長がノリと勢いで『わんこぜんざい』というメニューを始めたことがあったって。聞いただけで胸焼けがする。ある日それに挑戦したのが私の父だそうだ。

ゴロゴロとわたしの鞄から出てくる缶のおしるこを見て、その日本の奇祭百選に入りそうな『わんこぜんざい』を思い出し、笑ってしまったようだ。結月さんの一手は予期しなかったにしても、途轍《とてつ》もないピンポイントでインパクトを与えたんだ。そのピンポイントは偶々《たまたま》かもしれない。だけど、それは一手を打たない限り一生当たらないものだった。私は何も打たなかった。結月さんは一手を打った。恐らくこれがだめでも次回また別の何かを用意してきたんだろう。その精神性の違いがこんなにも人生を変えるだなんて。

玄関口で少し話した後、私たちは食卓に移動した。そして母は紅茶を淹れてくれた。戸棚からは私が好きなクッキーを出してくれた。多分、このクッキーはずっと出番を待っていたんだろう。母も私と話す日のために用意していて、賞味期限が切れる度に買いなおしていたのかな。だとすると、私も、母も、ずっとこのタイミングを待ち続けていたんだ。私たちは二人で紅茶を飲みながら会話を続けた。こうして一つのテーブルで膝を突き合わせるのもいつぶりなのだろう。学校のこともたくさん話をした。友達のことも、生徒会のことも。母は笑って話を聞いてくれた。時折自分からも話をしてくれた。ただそれだけのことなのに、本当にうれしかった。そして結月さんが言っていた名前の話を思い出した。やっとここまで取り戻したところで、名前の話をしてもし空気が悪くなったら、とも思ったけど、私はここで聞かないと一生聞けない気がしていた。だからちょっと助走をつけて話をした。

「あのさ、私の名前、どうしてこの漢字なの？」

母は笑ったまま話を続けてくれた。

「未夢、この名前嫌いだったよね。ごめんね。この名前のこと話してなかったね」

私は無言のまま話を聞いた。

「お母さんとお父さんね、国産の航空機開発をやってたんだ。研究者だったんだよ。私たちが設計した日本製の航空機が世界中で飛び回ることを夢みていたの。空の夢。私たちの大事なもの。私たちの全てだった」

母が紅茶に口をつける。私も同じタイミングで紅茶に口をつけた。昔何かの研究をしていた事は聞いていた。だけど初めて聞いた。

「だけどね、あなたたちが生まれた時、空の夢はどうでもよくなった。飛行機なんて無くてもいい。私の夢はその日からあなたたちになった。幸せだったな、あの時は」

言葉が過去形になる。私は声を飲み込む。弟の事とお父さんの事を思い出してしまったから。

「あなたたち二人にも人生を賭けてもいいと思えるものを見つけて欲しいの。そのためにはその可能性をたくさん見つけて欲しいの。私たちでいう空の夢になる前の欠片《かけら》を。それが未夢、未空《みく》。あなたと弟の名前」

私は愛されていたんだ。当たり前だ。自分の子供にネガティブな名前なんて付けるはずない。なんでそんな当たり前のことが分からなかったんだろう。こんなにたくさんの、素晴らしい思いを背負わせてくれたのに。

「ごめんね、「未だ」なんてちょっとネガティブな漢字を付けてしまったの」

「ううん、今やっとこの名前本当に好きになれた、話してくれてありがとう」

本心から出た言葉だった。私の名前は、愛された名前だ。

結月さんはどこまで見通していたんだろうかわかんないや。だけど多分、確信めいたものはある。私に必要なのは結月さんだ。悠里たちから話を聞いていたのが今日確信に変わった。悠里と話をしよう。結月さんにお返しするものも何がいいか相談しよう。それをきっかけに展開させていこう。

話さないと距離が詰まらないのではない、何もしないとどんどん距離が離れていく。それを繋ぎ止めるために私たちは話をするんだ。家族のこと、これからのこと、悠里のこと、結月さんのことを。そしてあの人のこと。

第七話　思い出の物が壊れると思い出も壊れる。

五月の雨で気持ちも空気も、湿気を吸った服もどんよりとしているが、生徒会的にはなんとか各部長との予算枠取りバトルも終わり、気持ちは晴れ晴れしていた。星空台高との生徒会交流会も進み、ちょっと例年と違うことができそうだ。中でも図書室の相互利用はもうすぐできそうだなと、うまく物事が転がりだした空気を満喫していた。作業には忙殺されるんだろうけど、それは数か月後の僕に任せよう。よろしく、未来の僕。恨むなら過去の自分を恨め。


「おーい、結月、受け取れー」

放課後に廊下を歩いていると、悠里が廊下の向こうから全力でおしるこを投げてきた。またかよ。五月だぞ。

「この時期によく見つけたな」

あの公園以外に破天荒な自動販売機そんなにあるのかよ。だとしたらこの町自体が破天荒だということだぞ。

「あれだ、未夢からのお礼だってさ、なんか知らんがうまくいったってさ」

「そうかいそうかい、わざわざありがとよー」

よかった、ただの変な人で終わらなかったみたいだな。偶然なんだけどうまくピースが嵌《は》まったみたいだ。良かった。

「未夢のこともよろしくだけど、凛音ちゃんとも仲良くしろよー」

そう言ってかなりの剛速球……いや剛速おしるこを受け取った手をさすりながら、教室にいる凛音のもとに向かった。

「お待たせ、凛音。これを君にあげよう」

いつぞやのように、おしるこを凛音に渡そうとする。

「いらないよ」

「え？」

「そのおしるこ、多分ほかの女の子からもらったやつだよね。そんなの彼女に渡したらだめだよ」

「そうか、ごめんってなんでわかるの⁉」

「私はスーパー彼女だからなのだよ」

怖い。悪いことはしないでおこう。する器量もないけど。あと相変わらずスーパーマーケットのアクセントなのが気になるが。

「まぁ、怪しい関係の人からの贈り物じゃなくて、例の悠里の友人からだよ。悩み事を解決したお礼らしい」

「私はそれでも怒っています」

「ごめんって気安くプレゼントを転送しないよ」

「そこじゃないよ。ゆづ君を誰にでも、おしるこを贈るような子に育てた覚えはありません」

腕を腰に当てていかにも怒っているポーズをとっている。あぁ、未夢さんからのおしるこを渡したことじゃなくて、未夢さんに大量のおしるこを送付したことを怒っているのか。

「スマン、その子の問題解決のために手近な自販機でインパクトがあるのが、おしるこだったからって、この話したっけ?」

「え? うん、えっと悠里君からきいていたからだよ」

一瞬言い淀みながら説明をしてくれた。

「あー、そういうことね。ごめんよ」

なんだか触れたらダメな気がして納得して謝る。

「まったく私だって嫉妬だってするし不安になったりするよ。私はおしるこをもらった日に告白してこの関係になったことはとても大事な、大事なことなのだよ」

そう言ってゲシゲシ言いながら僕を殴ってくる。かわいい。

「ごめんって」

「ゆづ君にとってはなんでもないことでも、私にとっては世界で一番大事なことだってあるのだからね。忘れないでね。それは私に限らず誰でもあるのだよ」

凛音からその言葉を受け取っていると教室のドアが開く音がした。

「おーバカップルやってんね」

悠里だった。手にはプリントの束を持ってる。この後の会議の資料か。僕は悠里に言う。

「よし、こっちに来い。袖を千切ってやる。お前の制服をノースリーブにしてやる」

「ごめん、言い過ぎた」

「そうだよ、カップルなんてもんじゃないよ、スーパーカップルだよスーパーカップ」

凛音が乗ってきた。僕がため息交じりに返す。

「おい、バカのほうを何とかしろよ、あとビジネスバイクみたいに略すんじゃねぇ」

悠里が笑う。双方向から整理しないといけない言葉を投げられまくる。僕のカロリーが足りなくなる。

「とりあえず一旦整理するから二人とも黙っていてもらえるかな?」

僕らの日常は変わらない。今日も、明日も、明後日も。十年後も。多分こんな感じなんだ。


「そうだ、今日の生徒会の交流会議、未夢がこっちの図書室を視察して帰るってさ」

手元の資料を掲げながら悠里が言った。今日は定例の交流会議。交互にお互いの学校で開催している。今回はうちの高校で開催の日だ。

「熱心なことで。ちょうどいいや凛音も会ってみる?」

僕は振り返りながら凛音に言った。

「私はいいよ」

思ったよりあっさりと言われた。なんでだろ、まだ怒っているのかな。

「何かご予定でも？」

僕は聞いた。

「うん、私は、ピアノのレッスンが臨時で入ったのだよ。発表会が近いから」

取ってつけたような理由な気もするけど、発表会近いのは事実だもんな。

「あーそうか、また発表会を見に行くから場所とか教えてくれよな」

「もちろん。そのためにピアノを続けているんだから」

そう言ってガッツポーズをして慌てて荷物をまとめて飛び出す凛音を見送った。


凛音が小さく手を振ってからドアを閉めて消えていった。

「楽しそうな関係で羨《うらや》ましいよ」

何ならそういう悠里のほうが楽しそうに笑っている。悔しいから話題の矛先を悠里にでもブッ刺しておくか。

「お前と未夢さんとは仲良しじゃないのか？」

普通に聞いたつもりだけど、顔がニヤついていたのかもしれない。

「どうだろな、あいつの弟とはもっと仲良かったんだけどな」

「彼女、弟いるんだな」

僕は適当な机に腰掛けながら聞いた。壁の時計を見る。交流会議まではまだ少し時間がある。

「前に見せた写真を撮ったのが未夢の弟だ」

一気に空気が止まった。言葉に詰まっている僕を察して悠里が続けた。

「未夢と未空。双子の姉弟だ。弟と俺は部活が一緒でな。今の結月、お前と俺の関係みたいな感じかな」

先日の話を思い出す。だとしたら写真を撮った弟を悠里は救えなかったということだ。

「いつ話そうかと思っていたんだがな。以前に少し話した話の続きだ」

僕と悠里の呼吸音だけの空間が続く。忘れたように外からサッカー部の掛け声が聞こえてきた。それを合図に悠里が話し出した。

「弟の名前は未空。未夢の双子の弟だ。小学校のときにな、未空に好きな奴ができたんだけど、それが未夢のクラスの子だったんだ。そして未夢がそれをしゃべっちゃってな、それに怒った未空が家を飛び出したんだよ。そして俺は家出した未空から電話があったんだけど、その電話を取れなかったんだ」

僕は黙って話を聞く。それしかできないから。

「そしてさ、その日は雨がひどく降っててな。未空は公園のベンチで座ってたらしくて、見つかったときは結構な熱出して倒れてて、救急車で搬送された。命に別状はなかったんだけどさ、それで障害が残ってしまった」

あの話し上手な悠里がガタガタの文章で会話をしてくる。グラウンドからランニングをする部活動の声が薄っすら聞こえる。だけどこの教室だけはその声も、温度も、全く感じない別世界に切り離された。

「それだけじゃなく、それに未夢のお父さんがとても怒ってな。未夢のお母さんとの仲を引き裂く決定打となってしまった。結果、あの両親は離婚して未空はお父さんに引き取られた。そんな別れ方をしてしまったから今未空がどうしているかなんて聞けないし、分からない状態なんだよ」

言葉が見つからない。耳に心地いい言葉なんて吐きたくない。今の僕に出せる言葉が、見つからない。

「未空の初恋はそれで砕け散った。それを砕いたのは未夢だ。未空の伸ばした手を掴めなかったのは俺だ。二人であの家庭を壊したようなもんだ。だから俺は誓った。免罪符を欲しがっているだけとかなんでもいい。人を助け続ける。できるだけ多くの。そして未夢には約束をした。未来の約束をしないと人生に絶望しそうだったから」

僕は言葉を探す。そして何とか言葉をみつける。

「そこで未夢さんと約束をして今に至る、ということか」

これ以上は立ち入ってはいけない、そう思い話を畳む方向に舵を切った。

「あぁ、未夢に約束をした。人を助ける。誰よりも多く、とね」

ゆっくりと空気が溶けだしたことを感じた瞬間、ドアが開く音がした。

「悠里、お話が過ぎますよ」

「おー、話題の未夢じゃないか」

未夢さんが教室に入ってきた。悠里がわざとらしく驚いている。

「早く着いてすれ違った凛音さんに聞いたら教室にいるよと教えてもらったので来ちゃいました。あまり個人情報を教えちゃだめですよ。謎な女の子でいこうとしていたのに。謎が女性を美しくするんですから」

「だとすると俺からしたら未夢に美しい要素がないということか」

悠里が話の腰を折った。

「お？　ハラスメントですか？　法廷行きますか？」

腕をグルグル回しながら未夢さんがいう。

「仲のいいのはいいけど、時間も時間だし会議室に行こうか」

僕は長くなりそうな二人のじゃれあいを止めた。そして三人、会議室へ廊下を歩く。空気が戻っていることを確認して。


先頭を歩いていると、肩を叩かれる。振り返ると未夢さんだった。

「結月さん、ありがとうございました。無事母とも仲直りできました」

こちらに耳打ちするように教えてくれた。顔が近くて一瞬ドキッとする。そして制汗剤の匂いだけを残して離れていった。

「こちらこそお礼のアレ、おしるこありがとう」

「あの公園の自販機あれから見ましたか？　おしるこが爆売れしていると思ったのか、ツーフェイス展開していましたよ」

未夢さんが衝撃の情報を持ち込んできた。この時期に増設する……だと……？

「暴挙すぎんだろ」

衝撃に震えていると先に悠里がツッコミを入れてくれた。

「そのうち一本はコールド設定でした」

未夢さんが追加情報を後乗せしてくれた。想像の倍、破天荒な業者だ。

「やばいな、業者が勝負に来ている、悠里今日いくら持ってきた？」

悠里に振り返りながら興奮気味に聞いた。

「お前はおしるこが買いたいんじゃない、情報と経験を買おうとしているだけだ、落ち着け」

両肩を抑えられながら諭《さと》された。そんな無駄話をしていると、会議室に着いた。会議室では副会長の中原さんがとても寂しそうに待っていた。

第八話　架空の思い出に浸《ひた》らないように思い出を量産する。

七月になった。高校二年の一学期が終わりを告げようとしている。つまり、高校二年の我々はそろそろ受験戦争に徴兵《ちょうへい》されるのだ。軍靴《ぐんか》の足音も聞こえてきている。気の早い奴らはしっかりと計画立てた学習に向けてこの夏が勝負、と意気込んでいる。かくいう僕は今できることに全力を傾けたいという言い訳を盾《たて》に遊び惚《ほう》けている。

周りはどうかというと相変わらず生徒会長様は一人でも多くの人を助けたい、という旗印を立て色々な人とコミュニケーションを図っていた。多くの声を聴き、多くの人の困り事に寄り添うことを繰り返していた。それでこぼれたものを僕が処理する生徒会が出来上がった。そういう感じの定例業務をしながら一定程度先生にも顔を売りつつ推薦で大学にいけたら幸せだろうなとか思いながらも青春を浪費しているのだ。

そして今日も今日とて生徒会の交流会。定例会議も第四回となり、フォーマットも固まってきた。そのフォーマットに従って悠里の発声のもと会議が始まる。

「それでは定例会議を始めます。こちらからは生徒会長の私と副会長の羽下マリポーサが参加します」

いい加減やめてほしい。空気読む身にもなって欲しい。

「飛翔の神を甘く見ないでほしい」

会場の空気は微動だにしない。向こうの会長の未夢さんも平然と返す。

「ありがとうございます。こちらからは生徒会長の私と副会長のサンボマスターのボーカルが参加します」

副会長が立ち上がった。

「人はこういう時にですね！　どうしても愛とかそういう言葉を使ってしまうわけですよ！　だけど俺達には、俺達にはね、そう！　ロックンロールがあるんですよ!!」

中原さんが本気でモノマネをやりきりやがった。

「おい、滅茶苦茶再現度高いぞ。後で手法教えてもらおうぜ」

興奮気味に悠里が言った。

「そんなもん身に付けてもここでしか使い道ないんだよ」

こんな会議のフォーマットになってほしくなかった。

会議自体はいつも通り真剣に進む。図書室の相互利用も始まった。今は新たに部活の定期対抗戦の企画をまとめている。

「部活同士はいいとしてさ、何か生徒会でも対抗戦しても面白いかもな」

悠里がそう言った。

「するにしても競技のチョイスが難しいだろ」

僕は返す。スポーツは経験者がいるほうが有利だし、いない競技だと誰が見るんだという話になる。部活がある競技をするのも微妙だし。

「だったら生徒会らしい競技で勝負ですか」

未夢が視線を上にやりながら何かを考えながら発言した。

「どこの学校でもやっている百人一首とかはどうでしょう」

未夢がいい案を持ってきた！　という顔で発言した。

「間違っていたらごめんだけど、自分が得意だからとかないよね」

バレた、というような顔を一瞬したのを僕は見逃さない。

「二人三脚っての類義語として百人一首があるとめっちゃ怖いよな」

悠里が関係ありそうでない話を持ってきた。

「悠里、余談がすぎるぞ」

もう一人でいいからツッコミ役が欲しい。というか、会議しようぜ、真面目にやってサクッと終わって帰ろうぜ。


「そういえば未夢はピアノ弾けたよなぁ。結月はちょい前にギターを買ったとか言っていたな。サンボマスターのボーカルは楽器なにかできます？」

悠里が悪い顔をして言い出した。それに対して向こうの副会長が全力で立ち上がり、右手のこぶしを高らかに上げながら叫んだ。

「ロックンロール！　そう！　そういうのであれば！　ドラムも！　ギターだって燃やすことができるのです!!」

サンボマスターのボーカルさんがヘドバンしながら言った。そうだ、やっと名前思い出した。中原さんだ。

「だったら俺ベース齧《かじ》っているからさ、対抗戦じゃなくとも文化祭でセッションするのも面白いかもね」

悠里は慣れた様子でさっと流して話をすすめる。ってか僕ギター買ったけど、弾けるだなんて一言もいってないよ。

「僕ギター買ったとはいいえ、演奏だなんておこがましいレベルだぞ」

一応話を転がしてみる。勝ち目はないけど。

「余裕だろ。イケルイケルダイジョウブ。困ったら噂のスーパー彼女に教えてもらったらいいじゃないか。凛音ちゃん、音楽強いんだろ」

勝ち目ないとはいえ速攻負けた。悠里みたいになんでもコツを掴むのが早い奴と違って僕は時間がかかるというのに、そして凛音の名前を出されると変な言い訳できなくなるじゃないか。

「そうだそうだー」

「恋だとか愛だとかそういうのはもうどうでもいいんですよ！」

「そうだーそうだーのろけるなー」

最後の未夢さんだよね？　全員まとめて面倒くせぇ。とか言いながらこの空気を楽しんでいる自分もどこかにはいる。認めたくないけど。こんな空気は大学とか社会に出てもあるのかな。あるといいなと思いながら僕は一つ一つ丁寧にツッコミを入れていく。このメンバーが揃うのはこの学生生活が最後になるのかもしれないし、ひょっとしたら明日誰か死んでもう揃わないのかもしれない。だとしたら、このグダグダで、十年後思い出されないような思い出も大事にしたほうがいいんだろうか。それが記憶に残らなかったって、肥料となって別の形で花となって咲くかもしれない。だとすると、無駄な時間はないという辛い事実になるんだな。潤沢《じゅんたく》な人生を送るためには。

会議はそうして進み、踊り、最後の話の結論は出ないまま終わった。明日もまた、同じような日が来るんだろう。だったらせめて今日よりもちょっといい一日でありますように。

第九話　恥の多い人生をエンジョイしてきました。

夏休みを前に未夢さんの高校とうちの図書室の相互利用が始まった。うちの図書室は司書の先生の方針で文庫本が異様に充実している。一説では司書の先生が読み終わった本をここに捨てて……いや寄贈しているらしいが、棚の許す限りミッチミチに入っている。それを知った未夢さんは足しげくうちの高校にきては青春小説を借りて帰っている。おすすめの本を教えても「私は読みたいものしか読まない」といってそればかり借りては読んでいる。凛音が恋愛小説ばかり読むように偏食家な人間が多いコミュニティだ。

無事夏休みを迎え、そんな話を凛音といつもの喫茶店でしていた。

「生徒会に入れてよかったね、ゆづ君生き生きしているよ。悠里君にも感謝しないとね」

凛音が手元のティーソーダを揺らしながら話した。言葉を返そうとしたとき、マスターが僕にグラスを差し出してきた。

「結月くん、今日のオススメだよ。『ファミレースデヨクヤルヤーツ』だ」

そう言って置かれたのはドリンクバーで全混ぜしたような色のやつだった。許すまじマスター。

とまぁ、手元の泥水はさておき、話を戻そう。

「生徒会はそうだな、やってよかったかもな。それよりも凜音、来週ピアノの発表会だね、仕上がりはいい感じなの？」

「ばっちりだよ、ゆづ君に最高の演奏を届けるからね」

親指を立ててウインクをする彼女。相変わらずだ。楽しみにしておこう。あの非日常の空間も大人びた凜音の姿を見るのは、嫌いじゃない。


そうしていつも通り二人の会話を楽しむ。今日はこれが終われば買い物デートだ。

「じゃあそろそろ買い物に行きましょう。今日はゆづ君のギターの弦を買いに行こう」

「そうだね、あれ？　凜音サンドイッチもういいの？」

机の上には結構大胆に残されたサンドイッチが鎮座していた。

「うん、残すのは申し訳ないんだけど……ちょっと夏バテかな？」

「真夏日が続くもんな、無理するんじゃないよ。とりあえずサンドイッチは包んでもらうよ。夏だからちょっと心配だけど」

「ありがとう、そういうところ大好きだよ」

そう言って飛びつこうとする凛音を抑える。本当にネコみたいな子だ。彼女には外で待ってもらい、僕は会計に向かった。


「マスターお会計と申し訳ないけどテーブルのサンドイッチ包んでもらえますか？」

「わかったよ。帰りにまた取りにおいで。冷蔵庫で保管しておくけど食べるときは気を付けてね。世の中で恐るべきもの、それは戦争と保健所だから」

「最後はよくわからないですが、ありがとうございます。あと配慮はサービスのドリンクにも出してもらえるとありがたいです」

真面目にマスターに打ち返しておいた。マスターは急に真顔になり僕に言った。

「結月くん、心配しすぎかもしれないけど、彼女病院とかちゃんと行っているかい？」

「本人曰《いわ》くただの夏バテですよ」

僕は返した。

「心配しすぎかな、結月君は毎日会っているかもしれないけど僕はたまにだからさ、会うたびにちょっと弱々しくなっている気がしてね。失礼だったらごめんね、この年になると仲間がどんどん病院にヘビーローテしだすからさ。些細な変化もちょっと気になってしまうんだよ」

そう言ってくれたマスターに僕は気にはしておきますね、と伝えた。会計をすましドアを開ける。凛音は店の前で壁に寄りかかっていた。その姿と直前の会話がマージされて僕は嫌な汗が背中を伝うのを感じた。

「今日は早めに帰ろうか」

不安が先行してしまう。

「ダメだよ」

しかしゼロコンマ数秒で拒絶された。

「ゆづ君、私はねこの日を楽しみにして準備をして迎えているんだよ。昨日も、その前も、ずっと前から。どんな服を着ようかな、どんな髪型にしようかな、なんの話をしようかなって。それを短縮版でなんて終わらせないよ。今日もゆづ君にはたくさんの私の思い出を作ってもらって、それを食べて生きていってもらうのだよ」

そう言って僕に寄りかかってきた。凛音の体重を感じる。一束にまとめられた長い髪を優しく撫でた。

「一日ぐらいいいじゃないか、夏休みはまだあるんだしさ」

「無いよ」

「え?」

「当然ずっとずっと一緒にいたいと思っているし、そのつもりだよ。私の望み、人生の目的なのだよ。だけど、何が起こるかわからないの。だから毎日を一生懸命に全力で過ごすの。その全力を傾ける先が私にとってピアノであり、ゆづ君と一緒にいることなのだよ。だから私の全力を全身全霊で受け取ってほしいのだよ」

そう言って腕をぎゅっとつかむ彼女。

「わかったけど、無理するなよ」

僕は彼女の手を引いて歩き出す。伝わる彼女の手が冷たく、少し震えているのは、きっと冷房のせいだ。

第十話　夏の終わりは出会いの終わりによく似ている。

二学期が始まった。部活の対抗戦や文化祭、体育祭と生徒会の業務はピークを迎えた。放課後も遅くまで残ることが増え、充実しているがこれまでみたいに馬鹿やれる時間が少なくなってきてそれはそれで悲しいもので。無駄な時間があるというのはなんと人生において贅沢《ぜいたく》なことだったのでしょうか。失ってわかるものなんですね。

夏休みは凛音の発表会に行き、大人びた格好の彼女の姿と、普段のハチャメチャな姿からは想像できないぐらいのお淑《しと》やかな演奏に心を打たれた。また彼女のことを好きになった。演奏が終わった後、控室に向かうとドレス姿の凛音が飛びついてきた。その頭を撫でると、嬉しそうにこちらに顔を上げてくれた。

「演奏も感動したけど、ドレスも似合っているよ、とっても大人っぽく見える」

たどたどしい言葉で照れながら僕は伝えた。青いロングドレスにアップにした髪。いつもと違うメイクをして、とても凛音らしい大人びた姿だった。

「ありがとう、ゆづ君。君のことを考えて服を選んで、一生懸命演奏して挑戦した甲斐があったよ。これで私のピアノ人生悔いはないよ」

僕から離れて手を繋ぎながら伏し目がちに言った。

「そんなもうピアノを辞めるみたいな言い方だな」

「辞めるのだよ。私のピアノ人生はここでいったんお休み。ゆづ君のために弾き続けたピアノなのだからここが最高で最大の最終到達地点なんだよ」

思いもよらないことを伝えられた。レッスンを重ね、最終的にはピアノで活躍するんだろうと思っていた。死んだらグランドピアノを棺桶代わりにする勢いで。

「なんかもったいないないな」

正直な感想だ。

「そんなことないよ、私にとっては最高なゴールなのだよ」

そう言ってにっこりと笑った。本当に綺麗な笑顔だった。理由を受け付けないほどの、完全で、完璧な。

二人で出かけてお祝いをした。最後にいつもの喫茶店に行き、これまでのことこれからの話を語り合った。その日が夏休みの一番の思い出だ。夏休みはとても満喫できた。宿題が無ければもっと満喫できたのだろうけど、それは仕方ない。


そして夏休みも空けた。生徒会を簡単に引き受けた過去の自分を恨みながら今、放課後の遅い時間まで生徒会室でイベント準備作業をしている。悠里は各種調整とその作業化を進めてもらい僕はその下りてきたものを片っ端から処理している。けどその量が尋常じゃない。いい加減ヘルプを入れてくれ。

「遅くまで頑張っていますね」

予想外に生徒会室に入ってきたのは未夢さんだった。

「おー、未夢さんじゃないですか。そちらの準備は順調なのですか」

お互い生徒会はこの時期忙しいはずなのに悠長にここにいていいのだろうか。

「こちらは副会長の中原さんが全部終わらせてくれています。彼、優秀なのですよ」

嘘つけ、あの人がそんなわけないじゃないか。サンボマスターのボーカルを完コピする男だぞ。

「それで優雅に敵情視察、というわけですか、未夢さん」

「図書室に寄ってきたついでですよ。あと今更ですけどお互いさん付けやめませんか？」

鞄から借りてきたであろう青春小説を取り出して見せながら話してきた。ブレないなぁ。そして呼称問題という本当に今更な提案をしてきた。

「さん付けやめましょうとは言われましてもなぁ」

作業のキリがよくなったので背伸びをしながら答えた。

「私の中では生徒会長になる前からよく結月さんの話も聞いていましたし、母との一件もあるので距離感と呼称が一致していないんですよ。なんなら私だけのあだ名で呼びたいのですが」

「そりゃ僥倖《ぎょうこう》だ」

そう言って席を立ち、お茶を入れる準備をする。お茶っ葉を来賓用と迷って身内用にしておいた。ちなみに身内用のがいいお茶だったりする。どうせ誰も気付かないだろうという悠里の判断だ。ナイス、悠里。

「じゃああだ名を決めてもいいですか？」

「もうご自由にどうぞ。変なのじゃなかったらなんでもいいよ」

多分、この人は断っても別ルートからこじ開けて進むタイプというのはわかっている。自身の求める答えに向かって妥協無く、百回でも千回でもツルハシを振ることができる人だ。そして一度だめでも次のルートを探してまた百回でも千回でも振るような人だ。だとすると何回も断るよりも、一回で済ます省エネのほうを選ぶに越したことはない。そう思っているとポットの湯の再沸騰も終わった。僕はお茶の準備を続ける。未夢さんは顎に指をあてて虚空《こくう》をにらみ、あだ名を考えているようだ。

「ゆづきさんですよね。ゆづとかは？」

「ユウキ読みであだ名にしてほしいかな。前言ったみたいにそっちの読み方余り好きじゃないんだよね」

そう言いながら準備できたお茶を未夢さんの前に置いた。会釈をし合う。

「そうなんですか。あだ名だったらユヅキ読みが許容されているのかと思っていました。そうだ、私のあだ名も考えてくださいよね。ちゃんとかわいいやつ」

おい、面倒な宿題がでたぞ。

「決めました、ゆう君。よろしくお願いします、ゆう君。私のあだ名は決まりましたか？」

「もっと仲良くなれたら発表するよ」

うまく逃げ道を探す。そんな言語センス、僕には持っていないから。

「じゃあ近々ですね、楽しみにしています」

そう言ってにっこり笑い、お茶に口を付けた。はいはい、とあしらう。

「ちなみにだがな、未夢さん」

「あだ名は待ちますが、せめて呼び捨てにしてください。じゃないと無視することにしました」

「おーい、未夢さん」

「…………」

無言でお茶を飲み続ける未夢さん。

「えっと、未夢、一ついいでしょうか」

「なんでしょうか」

ぱっと笑顔になり、身を乗り出してこちらに向いてきた。何この子、よくわからない。

「僕に会う前から僕の話をよく聞いていたって多分悠里からだと思うんだけど、どんな話聞かされていたの？」

「それだけじゃないですけど、そうですね。自分の人生は人並みだとか言いながらかなり劇的な人生歩んでいる人って言っていましたよ。あと自分の人生よりも他人の人生を優先する人って」

あいつの評価はいいけど、こんな内容を見知らぬ友達に話すかね。小さくため息をついた。

「他人の人生云々は否定しないけど、僕の人生いうほど劇的じゃないよ」

「そりゃ私には負けると思いますが、ゆう君も素敵な人生だと思いますよ。素敵な幼馴染さんがいて、その人に愛されて」

まだ慣れないのか少し照れ臭そうに僕の名前を呼んでくる。照れているのを誤魔化しているのか前髪を気にしてか手でかき分けた。

「いやまぁ、そうかもしれないけどね。掃いて捨てるほどの量産型人生だと思うよ。それでいいと思っているけど」

「変わった哲学ですね」

椅子に座り足をプラプラさせながら話を聞く未夢。

「哲学じゃないよ、事実だよ。だから他の人の人生に一生懸命なの。僕はね」

「私ゆう君のそういうところ、嫌いじゃないですよ、むしろ好きですよ」

あぁ、この子は恋愛的な感情とは別に好きを普通に使える人なのね。わかったわかった。それ辞めたほうがいいよ。男子高校生がすごい勢いで勘違いしていくやつだと思うよ。

「あんがとね。僕は自分のそういうところ、嫌いだよ」

そうして生徒会室の夜は更けていく。山積みのタスクだけ残して。

第十一話　原動力のある優しさは優しさではない。

未夢の高校との部活の対抗戦が終わった。初めての試みにしては上出来で評判も良かった。これで一段落と思ったんだけどイベントラッシュの秋はそんなにぬるくない。ホント過去の自分恨みたくなるよね。次は文化祭だってさ。たいへんだねー。相変わらず悠里は飛び回り調整事とかもそうだけど、投書箱に入った悩み相談や困っている人を救うのに全力を傾けている。凛音は本当にピアノのレッスンを辞めた。それでも何か忙しくやってるみたいで偶《たま》に一人で急いで帰ったりしている。一方僕は今日も放課後に生徒会室にこもって作業を続ける。

「やってる？」

未夢が生徒会室に入ってきた。無言で内線を取り、内線一覧から守衛室の番号をさがす。

「セキュリティ呼ばないで!!　守衛さんの許可取っています!!」

未夢が叫びながら入校証を掲げてきた。軽くため息をついて僕は会話を始める。

「この学校のセキュリティレベル大丈夫なのかよ」

「そりゃまずは守衛さんから取り込んだので、この学校はもう私に入れない場所はないのですよ」

守衛さん、怖いことをいう他校の生徒がいるんですけど。

「さっきすれ違った悠里から聞きましたよ。タスク山積みって。だけど結構進んでいるみたいですね。ゆう君えらいえらい。じゃあその書類の山はこっちで転記しておきますね」

そう言って生徒会の仕事を半分奪う未夢。最近残業していると連日この生徒会室に入ってくる。そっちの高校もイベント盛りだくさんなのに大丈夫なのかよ。というか、別の心配もある。ちょっと聞いてみるか。

「こっちはありがたいんだけど、そっちのイベント関係、中原さん一人で大丈夫なのかよ」

「んー、大丈夫だと思いますよ。彼本当に視野が広いんですよ。私の上位互換。私がいるだけで障害になってしまって逆にその視野が狭まっちゃうんです」

本当にできる人なんだね、彼。その姿は会議でも出してほしいんだけど。前回の会議なんか、いきなりショートコントしていたし。

「そんなもんかね」

「そんなもんなんです」

振り返る時がないような薄い会話。何も話していないのと変わらない。このままの距離を維持しようと適当な話題を探して進める。だって未夢が何か距離というかタイミングを測っている気がするから。だから僕はそうはさせないと隙間をただの雑談で埋めて防ごうとする。だけど僕のコミュ力の限界、話題が尽きる。そしてしばらく無言で作業を進める。

しまった、攻守交代だ。何パターンかのイメトレをしながら会話が平穏無事に終わるルートを作って用意しておこう。一番早いルートが仕事を完了させて解散することだけど、この調子だとちょっと難しい。

「ゆう君は凜音さんと仲良し続いているんですか？」

「あぁ」

そっけなく返す。何かが始まった気がする。なんとか話題をズラさないと。何かが壊れる気がする。

「喧嘩したりしないのですか？」

「しないよ」

「そうですか。喧嘩したら教えてくださいね、私ゆう君を奪いに来ますから」

「冗談でもそういうこと言う人は嫌いだし僕にも凜音にも失礼だよ」

話題をずらすパターンを考えていたのに、予想外の言葉で本心の言葉が出てしまう。策を練り直す。

「冗談じゃないと言えないからですよ。でもいたって真面目です。凜音さんには申し訳ないですけど、私は自分の気持ちをごまかすことが自分にも失礼だと思っています。だから、」

「だから、私はゆう君のこと、好きです。多分これが好きという感情なのだと思っています。それが違っているとしても、そばにいたいと思っているのです」

未夢がこちらをまっすぐ見ながら言った。こちらは逆に目を逸らす。言葉を探す。未夢はその僕を逃がすまいと言葉を続ける。

「私は私の人生諦《あきら》めていました。そんな人生にも向き合ってくれる人がいると悠里が言っていました。私は半信半疑でした。悠里は生徒会に引き込んで会わせてくれました。初めて会った時も半信半疑だったし、おしるこの山をもらった時も正直よくわかりませんでした。だけど、だんだんと悠里の言っていた意味がわかったのです」

「はいはい」

受け流す方法を探る。だけど未夢はそれを許さない。

「だから、私も私の人生に全力をかけることにしたのです。だから、ゆう君、私はあなたと一緒に人生向き合って行きたいのです」

「そーですか、ありがとね」

書類に目を落とす。その書類を取り上げられる。

「ゆう君はそうやって人と真面目に向き合うことから逃げますよね。付き合う前の凛音さんともそうだったんですか?」

「あまりそういうことに踏み込むのはどうかと思うよ」

軽くため息交じりに答えた。凛音の告白を戯言《ざれごと》と逃げていた自分が脳内をよぎる。

「図星みたいですね。私は逃げませんから、いつかゆう君を私が迎えに行きますからね」

「僕はそっちに行くことはないよ」

「だから私が行くんです」

自信満々にキラキラしながら答えられた。根負けして話を続けることにした。

「……なんで僕なんだよ。悠里のほうがよっぽど未夢とお似合いじゃねーか」

「なんでそう思うんですか？」

「いや、付き合いも長いし」

「付き合いが長いほうがお似合いなのですか？　じゃあ凛音さんとゆう君は付き合いの期間だけで一緒にいるんですか？　一番付き合いが長いから彼氏彼女になったんですか」

未夢がピンポイントで突いてきた。僕は答えを探す。探す。見つからない。

「そうじゃないけどさ」

「一緒に長くいられるほど思想信条哲学が似ていたり憧れたり懐《なつ》いていたのは事実です。そうやって一緒になる人がいるのも事実だと思います。だけどそれだけじゃないです。一瞬一秒でわかることもあれば、何年何十年かかってもわからないこともあります。私は、ゆう君とこうして話して一緒にいる凛音さんを羨ましいと思い続けて、今この瞬間を迎えているのです」

僕は軽くため息をついた。

「ゆう君と凜音さんは何で一緒になったのですか、思想信条哲学が似ていたからですか、惰性ですか、憧れですか、懐いていたからだけですか？　告白されたとき断る理由がなかったからですか？」

未夢の質問に言葉が止まりそうになる。しかし、ここで止まるということは、理由がないという回答と同義になる。僕は言葉を紡ぐ。

「未夢の意見はわかったよ。好意は素直に受け取るよありがとう。だけど、多分、答えられないよ」

「それは、あなただけが決めることじゃないと思うのです」

未夢がそう言った。言葉の意味がわからない。

「僕の気持ちは僕が決めるよ、さぁ、休憩はここまで。仕事終わらして帰ろう」

ボロを出す前に話をまとめ切った。机の上にはあと少しの書類があり、未夢の机の上には図書室で借りてきたであろう青春小説が数冊乗っている。なんでこんな時に悠里が別会議なんだよ。その刹那、ドアが開く音がする。

「おつかれーっと未夢きていたのか」

絶妙なタイミングで悠里が入ってきた。走ってきたのか少し息が上がっているのを見るとこっちの話を廊下で聞いていたわけではないのだろう。多分。

「おつかれ、未夢に手伝ってもらったのでもうこっちも終わるよ」

僕は返した。けどボロを出したのに気付く。悠里見逃してくれないんだろうな。

「そうかそうか、じゃあ帰る準備進めておくよ。それとも未夢の分手伝おうか」

呼び方が変わっていることに思いの他見逃してもらえた。

「こっちもこれで終わりなので大丈夫だよ。ゆう君のほうが量多いからそっちをよろしくかな」

「ゆう君に未夢ねぇ」

あぁ、やっぱり見逃してくれないのね。

「まぁ、そういうこともあるよ」

僕はフォローしたつもりが意味不明な発言をしてしまった。

「そうだ、あと私はゆう君に告白して振られたよ」

え？　未夢何言ってんの？　一人慌てふためいていると悠里は平然と言葉を返した。

「あー、やっと告白したのか」

「やっとって」

思わず突っ込んだ。

「凛音ちゃんには失礼な言い回しになるかもしれないけど、俺はさ、未夢には結月が必要だと思っているし、結月は未夢が似合っていると思うんだよ」

「僕にも失礼な発言してんだぞ、それ」

「なぁ、結月、凜音ちゃんとあのタイミングで付き合いだした理由は何なんだ？　ずっと告白されていたようなもんだろ。なのになぜあのタイミングなんだ？」

「……いい加減にしろよ」

空気が止まる。バカらしい。こんなこと言ってくるやつらも、ムキになってしまう僕も。

その後何かを言われた気もするが、自分の作業を無言で終わらせて一人生徒会室を出た。

第十二話　世界はなんて微妙なバランスで成り立っているんだろう。

「おーい、ゆづ君、思ったより遅かったね」

生徒会室を出て下駄箱への途中、予想外に凜音に話しかけられた。

「そっちもこんな時間にどうしたんだよ」

「図書室で本を読みながら時間を潰していたのだよ。最近あまり君との時間が取れなかったから今日ぐらい一緒に帰ろうかなって」

そう言って隣に並ぶ凜音。僕はさっきの生徒会室の一件で荒れている心をバレないように落ち着かせようとする。

「だけど、何かあったみたいだね」

それだけを凛音は言った。何があったの？　とか、どうかしたの？　ではなく、ただその一言を。その優しさにため息が漏れてしまう。彼女でもあって、幼馴染。何も話さなくても察してくれる、通じてくれる。

「色々あったんだ」

少し考える。凛音は聞かせてとも言わないし、待っているわけでもない。だけど、空白の時間を僕にくれて、考える時間をくれている。


いくらかまとまってきた僕は一つずつゆっくり話し出した。未夢が距離を詰めてきた話、告白してきた話、凛音と付き合った理由を詰めてきた話。悠里がそれを知っていた話。多分彼女に話すような内容じゃないんだろうけど、彼女はゆっくり全てを聞いてくれた。通学路だけじゃ足りなくて、最後は家の近くの公園のベンチに僕らはいた。

「そうなんだね」

凛音は聞き終えると少し考えてから背伸びをした。

「あのね、ゆづ君」

よいしょ、っと言うと僕に飛びついて抱き付いた。そして耳元でゆっくりと言葉を伝えてくれた。

「私はゆづ君が幼稚園の頃からずっと、ずっと好きだったよ。もちろん今この瞬間も。だからさ、私の好きを越える好きを持ってくる人なんて世界中探してもいないのだよ。私はそれを知っているし自信がある。だからもしゆづ君が未夢ちゃんだろうがほかの誰に言い寄られようと、ゆづ君が万が一気の迷いがあったとしても、誰に何を言われたとしても不安にならず、まっすぐに自信をもってここに立ち続けられるんだよ。ゆづ君のそばに居続けられるんだよ」

抱きしめている凜音から少し息を整える音がした。

「だからさ、ゆづ君はそんな人生の小さな出来事に揺さぶられることなく、その時の感情の好きに生きていいんだよ。私は、私の好きがゆづ君の世界で一番だと知っている、信じている。だから、最後に勝つのは私だと信じている。私が諦めない限り。そんな子がいることを忘れないで」

抱きしめている腕の力が強くなった。ぬくもりに包まれながら思う。この安心感が、幸せというものなんだろう。僕の腕も力が入る。凜音の思想信条哲学や憧れ、惰性、そんな小さな理由で僕はここにいるんじゃないんだ。やっとわかった。

「ありがとう、やっと答えが見つかった」

「それでいいのだよ。この人生、どんな妨害や揺さぶりがあって、寄り道するかもしれないけど、私は最後までゆづ君を見つめ、そこに到達するつもりなのだよ」

そうして僕らは見つめ合って、キスをした。どちらからが求めるわけではなく、ただただ自然に。しばらくして恥ずかしくなりお互い笑いだしてしまう。そしてベンチに座り直し、お互い最近時間が取れなかった部分を埋めるように話をした。

僕は、凜音、彼女が好きだ。そこに理由はない。あったとしてもそれらは一つ一つはちっぽけなことであり、今それを僕が選んでいる。それ以上の答えはないのだ。それだけでいいんだ。

「あとね、ゆづ君。私はこれだけ格好いいこと言ったけど、私だって多少は、少しは、ひょっとしたら人並みに嫉妬して不安になることもあるんだよ。だからさ、たまにでいいからこうして話をして、ゆづ君の匂いを胸いっぱいにする時間が欲しいんだよ」

少し悲しい声でそう言い、僕の手をとった凜音。お互いの指を絡めお互いの気持ちを確認し合う。

「最後に一つだけ、悠里くんも、未夢ちゃんも、責めたり怒ったりしないでね。彼らにも彼らの正義があって、思いがあって、彼女も彼女で覚悟を決めてそのステージに立つことを決めたのだから。私がいるの知っていて宣戦布告をするのって、ただの告白よりも覚悟がいることだと思うから」

「優しいな、凜音は」

「ゆづ君自慢の彼女ですから」

彼女はそう言うと笑ってまた手を強く握った。

第十三話　愛とか恋とか友情とかそんなものはもうどうでもいいのだ。

気まずいことがあった翌日の登校は心にくるものがある。

小学校の時、掃除の時間ふざけて箒を振り回し、クラスの水槽を叩き割ってしまった。百パーセント自分のミスで自分が悪かった事件だ。明日クラスでなんて言われるのか、それを思うと登校の足取りが非常に重かった。そしてその思い出は未だ心に残り、今でもストレスが溜まってストレスフルになると夢に出てきたりする。実にわかりやすいバロメーターだ。当時の問題自体はもちろん解決しているし、実際クラスではそんなに話にならなかった。だけど当時は世界が終わったような、二度と朝が来ないことを祈ってしまうような心境だった。

今日もその夢を見た。そんな気分の悪い目覚めをした今日も同じように気が重い。理由はわかっている。昨日あんな感じで悠里と未夢にぶつかってしまった後だからだ。凛音にはちゃんと仲良くしてあげてと言われているが、それが簡単にできれば世界ももっと平和になるのにな、と思いつつベッドから起き上がる。

考えたら考えた分だけ問題が大きくなる。かといって考えないで取り組めるほどチャチな問題じゃない。結局バランス感覚が優れている人がうまく世の中楽しめるんだろうな。そんなことを言いながらもまた頭の片隅でこのことを考えてメモリを消費してしまっている。考えても解決しないし、解決策はちゃんと話す、しかないんだよね。別に夜に電話すりゃよかったんだし、それから逃げるからこうして考える時間が生まれてどんどん底なし沼みたいに飲み込まれていく。

「結月、凛音ちゃん迎えにきているわよ」

母の声が聞こえる。朝イチに会うのが凛音でよかった。前が向けそうだ。さぁ、後回ししていてもどんどん足取りは重くなるだけだ、さっさと行ってさっさと片付けよう。人並みな人生で起こるこんな人並みな悩み、乗り越えられないわけがない。

「ゆづ君、おはよーごじゃいます」

寝ぼけまなこでフラフラの凛音がいた。なにこのかわいい生き物。

「珍しく寝不足なんだな」

寝癖を直してあげながら僕は言った。

「昨日ちょっと友人と遅くまで電話してね。大変だったのだよ」

大きなあくびを口も隠さずにする凛音。

「友達の相談でも乗っていたのか？」

「え？　うーん、あの子だよ、あの子。昔病院で出会って仲良くしているって言っていた子」

そういや前そんな話をしていたな。

「あぁ、今でも連絡しているって言っていたっけ。平日に大変だったな」

「このタイミングで話をしなきゃならなかったのだよ。タイミングは精度の高い正解よりも優先されるのだにょー」

そう言いながら寄りかかり目を閉じて歩く凛音。支えながら僕は彼女を学校まで連れて行く。

「いつ見てもスーパーなお二人だな」

悠里が後ろから声をかけてきた。だから僕らはマーケットじゃない。

「悠里か、おはよう、えっと、その」

言葉が見つからない。伝えられるだけのコミュ力が欲しい。いや、そんな問題じゃない。そうやってコミュ力のせいにする自分が本当に嫌いだ。

「昨日はごめんな、悪かった。内容は謝るつもりはないが、言い方というものがあった」

頭を下げる悠里。自分の守るべきものは守りながらもそう言った。

「ありがとう、僕のほうこそ、態度で示すのは悪かった」

僕も謝る。隣でもたれ掛かる凛音はむにゃむにゃしている。

「よし、すっきりした。ありがとう。お互いの考えはぶつかっているけど、それはそれでどちらも正しくてどちらも間違っているかもしれないでいい」

「そうだな、僕も悠里とか他人の考え自体をどうこう言うつもりはないよ」

そう言っていつも通りの僕らに戻る。往々にして悩みや考え事は簡単に解決する。今回も一瞬だった。悩んでいた時間を返してほしいと思えるぐらい。

「いやぁ、青春ですなぁ」

寝ぼけた顔で凛音が言った。この人、渦中の人のハズなんだけど、ほんとマイペースだな。


昼休み、生徒会室に向かう。悲しいかな残業を少しでも減らすためだ。甘ったるい飲み物片手に書類の山を崩していると悠里が入ってきた。

「手伝うよ」

「ありがとう、悠里。今日は時間あるんだな」

「トゲがある言い方だな」

悠里は笑いながら返した。皮肉の一つぐらい許してくれ。

「いや、感謝しているよ。おかげで面倒な問題は僕のもとに来ることがないからさ」

本心もセットで伝えておいた。

「そうかいそうかい」

そう言いながら僕の仕事の三分の二を自分の机に寄せた。多分これでも終わる時間一緒ぐらいなんだよな。その脳の並列稼働システムの仕様書が欲しい。

「朝の話の続きなんだけどさ、怒らずに最後まで聞いてほしい。俺もちゃんと話をするからさ」

悠里が真面目な顔で仕事をしながら僕に行った。

「あぁ」

僕は短く返した。お互いパソコンに伝票の数字を打ち込みながら話を続ける。

「俺はさ、お前に憧れたんだよ」

「僕に?」

いきなり手が止まってしまった。悠里は続けた。

「俺は自分の人生に一生懸命だった。人生の目的を達成するために。誰しもがそう生きていると思っていたし、そうすることで世界ができていると信じていた」

「素晴らしいことじゃないか」

「だけどお前は違った。自分の人生にそこまで価値を見出さず、他人の人生にこそ価値を見出してそこに向けて生きている、初めてそういうやつに会った」

「自分が嫌いなだけだよ」

軽く自己嫌悪のため息を出して作業を続ける。

「未夢もあの日から自分の人生に価値を見出さなくなった。家族を失い、母ともうまくいかず、ただそこにあったのは俺との約束だけだった。それを糧《かて》に高校へ進んでくれた。だけどそれが無くなったときが怖かった。達成したとき次の目標を、約束を見つけてくれるのか、誰が用意してくれるのか」

リズムよくキーを叩く音が続く。僕は黙って話を聞く。

「そんな時お前と出会った。お前を見て気付いた。俺は未夢に価値を見出させることばかり考えていた。違うんだ、そのままでもよかったんだ」

「大層な受け取り方をしてもらったんだな」

ため息交じりに答える。

「お前から見たらそうかもしれないけど、俺からしたら衝撃だったんだよ。目標や約束が無くても、他人のためにでも生きることができる。そして、お前みたいなやつだったら未夢といい関係になれる、お前が未夢を、未夢がお前を支え合っていける」

「勝手な妄想だな」

やっと昨日の話の真意が見えてきた。そういうことだったのか。

「俺の分析だ、妄想じゃない。そして生徒会に引き込めた。これで二人が会えば何かが起こる。何かが変わると思ったんだ。俺はうれしかった。現に母と未夢の問題も一瞬で解決しやがって」

「たまたまだよ」

あんなラッキーパンチのおしるこ事件を僕の実力にされてたまるか。

「ただ、一つの想定外があったんだよな。凛音ちゃんがあのタイミングで告白し、結月があのタイミングで受託したことだったんだよ」

「たまたまだよ」

話が止まる。僕のターンなのかもしれない。僕は言葉を練り上げる。

「僕はさ、僕のしたいように生きているだけだよ。君たちの人生なんて知らないし、自分の人生もやっぱりあまり興味がない。だけど、ただ一つ、凛音にだけは、ちゃんと向き合った結果だよ」

「わかっているさ。だから、未夢にも少しでいいから、凛音ちゃんの数パーセントでもいいから向き合ってあげてくれ」

「向き合うくらいはするさ。相手が失礼じゃない限りはな」

その言葉と同時に仕事が終わった。顔を上げるとすでに作業を終わらせていた悠里が同時に立ち上がった。どうやったらコイツに勝てるんだよ。

僕は凛音からもらった小さなチョコレートを一つ悠里に渡し、二人で生徒会室を出た。

もう少しこのチョコレートみたいに甘くならんかね、人生。

第十四話　誰のことかなんて知らないし、僕のことかもしれないし。

夜の学校は怖い。消灯された廊下の先にある生徒会室は独特の空気をまとっている。あー怖いなー怖いなー出るんだろうな出るんだろうなー。

「お邪魔しまーす」

やっぱり未夢が出た。

「おー、お疲れ、出口はそっちだ」

僕は指でドアをさす。

「お仕事手伝いに来ましたよ」

ガン無視して未夢は僕の隣の定位置の椅子に座った。

「すげーな、動じないんだな」

「私には絶対的にゆう君との時間が足りてないのです。だからこういう時に時間を蓄積していく必要があるのです」

「そんな義務感で来られてもね……」

今日の分の入力と検算する書類をまとめながら会話を続ける。

「義務感じゃないですよ、私はゆう君と同じ時間を過ごして、お話をいっぱいして、色々なものを共有して、距離を埋めていきたいのです」

「はいよ、ご自由に」

いつものように流す。

「また、逃げていますよ」

と、図星をついてくる。

「スマンスマン。とまぁ、昨日は悪かったな」

「いえ、こちらも失礼なことをしてしまいました。でも気持ちに嘘はないですから」

「あぁ、ちゃんと気持ちは受け止めるよ。それにこたえられるかは別だけどさ」

「それでいいのです。そこがスタートです。ゴールかもしれないですけど、予選は通過です」

「よくわからんが、本人が良ければそれでいいよ」

「ありがとうございます」

そんな会話をしながらも生徒会の仕事を手伝ってくれる。実際とても助かっている。本当にそっちの未夢の高校の生徒会運営は大丈夫なのだろうか。そんなことを考えながら無言で作業を続ける。何か切り出したらいいんだろうけど、昨日のあの一件があるので慎重に考えなければと思った瞬間、「パサッ」と紙が落ちる音がした。目をやると未夢が座ったまま眠っていた。そこまでして来ることないだろうに。書類を静かに拾い、生徒会室の電気を消した。そしてディスプレイのバックライトだけで自分の作業を続ける。キータッチ音も少々気にして。十五分ぐらいしてもう一度未夢に目をやる。ささやかな寝息が聞こえた。僕はブランケットを手に取りふわっとかけてやる。眠りが深くなった気がした。

あと少しで作業が終わる。最後の一枚。最後の入力が終わる。これでこの二人だけの空間が終わる。

「ん……」

寝言が聞こえた。ちょうどいいタイミングで起きたようだ。

「あれ、ここ」

「神中高校の生徒会室だ。起きたか？」

僕は立ち上がり、未夢の近くに歩いていく。未夢はこちらをぼけーっと眺めている。こんなところで寝たら体も痛かろうに。未夢の前まで行きブランケットを受け取ろうと手を差し出した。するとその手を握られた。そしてしばらく手を握られた状態が続く。

「えっと、その、ブランケットを受け取ろうとしてね」

「わかっていますよ、それぐらい。言わせないでくださいよ」

そう言って未夢は立ち上がりその握った腕を引き立ち上がる。そしてその勢いのまま僕に体重を預け抱きついた。

「あのね、そういうことは」

「まだ寝ぼけているんです、私の中ではまだ夢の中なんです。少しだけ、あと一分で、一分だけで戻るので許してください。昨日頑張った私にご褒美をください」

腕が、体が締め付けられる。僕は何をしているんだろう、何をすればいいんだろう。

……僕は手を上げて未夢の背中をゆっくりと撫でた。一瞬ビクっとした後、少し安心したように呼吸がゆっくりになる。自分でもよくわからない。何度か撫でた後、そろそろ時間だと、肩をポンと叩いて僕は未夢を引きはがす。そして電気を付けようとスイッチに向かう。

「優しいんですね」

「どうだろうな、この瞬間、未夢には優しかったかもしれないけど、凛音には優しくなかったかかな」

僕は自分に吐き捨てて電気をつける。

「今日の分の仕事終わったし、帰るぞ。あとこれで一段落したからしばらく手伝いはいらないよ」

「そうなんですね、わかりました、また明日きますね」

「話聞いていたかな」

「忘れていませんか、私は仕事を手伝いに来たわけじゃないのです、ゆう君に会いに来ているんですよ」

「臆面もなく愛を語る奴は嫌いだよ。さぁ、部屋閉めるぞ」

そうして僕は未夢をつれて下駄箱に向かう。こんな時間に靴が残っている奴いないよな、とざっと眺める。大丈夫そうだ。靴を履き、二人で校門に向かう。

「そういやさ、本当に中原さんに任せっきりでそっちの高校回っているの？」

純粋な疑問を未夢に投げかけた。

「ギリギリですけどね。ここに来るのは中原さんも応援してくれているのですよ」

中原さんに今度ケーキでも贈ろう。申し訳なさすぎる。

「どうしたらゆう君は振り向いてくれるのですか？　凛音さんを倒したらいいのですか？」

未夢がシャドーボクシングをしながら言った。そんなわけないだろ、その手元のメリケンサックを鞄に戻しなさい。どこで売ってるんだそんなもん。

「そんな簡単じゃないと思うし、実は簡単なのかもしれないよ」

「なんですか、その叙述レトリック」

未夢が吹き出した。僕は続ける。

「凛音はずっとずっと僕のことを思ってくれていた。ずっと同じ距離のままだと思っていた。だけどそれが何かのきっかけで今こうなっているんだよ。きっかけとなる具体的な事案は何一つなかったのに。今のところ僕は未夢と同じ道を歩くつもりはないんだけどさ、本当に小さじ一杯の何かで一気に変わるかもしれないし、何ガロン注いでもなにも変わらないかもしれないよ」

「おしるこ、みたいなものですね？」

未夢がよくわからないことを言う。

「おしるこ？」

「私と母の数か月はゆう君の百数十円のおしるこ千円分で解決しましたから。そういうものなのかもしれませんね」

なるほどね、そういうことね。僕はちょっと言葉を整理した。そして口を開いた。

「一つだけ、僕が信じている人生の攻略法だよ。大きな力一回で終わる問題はそれでいいんだけど、そうじゃない問題はささやかでもいいから色んなものを投げつづけるしかないと思っているの。だから、諦めなければ負けないいんだよ。凛音みたいに。戦っている限りは負けじゃないんだよな」

今回の事案がそれに合致するかは別だけど、と小声で追加した。

「素敵な考えですね、戦っている限りは負けてないって。私もまだ、勝つ途中だと思っています」

はいよ、とまた軽く逃げて会話を切り替える。完全に拒絶する優しさと可能性を与える優しさ。どちらも優しさなんだけど、結果が出た後から判断すると一方は絶対悪になるんだよな。悲しいけど。だけど僕らはまだ今この勝負の真っただ中。そんな判断するやつはいないいんだ。

第十五話　この先楽しいことだけがあればいい。

人生はクローズアップで見れば悲劇だが、ロングショットで見れば喜劇だ、と言った偉人さんがいたそうな。そんなこと言われても現時点は常に主観なんだからクローズアップで悲劇ばっかりだよ。とにかくこのイベントラッシュを終わらせてくれ。けど終わったら受験戦争本格参戦なので、それはそれで今の時間が続いてほしいという二律背反した気持ちを抱えながらも、とりあえずは目の前の悲劇に追われるわけですよ。そう、目の前は常に悲劇だ。

「はい、それでは生徒会交流定例会議を行います。神中高校の参加者は会長の伊坂！　こっちは副会長のジジ！」

「お前もニシンのパイにしてやろうか！」

もう誰も何も言わない。悲しい。その無音を確認してから未夢が声を発した。

「ありがとうございます、こちらから生徒会長の武川と副会長のビデオメッセージが参加します」

「このメッセージを聞いているということは、私はもうこの世に居ないのだろう……」

席に座ってる中原さんが神妙に言った。そろそろこの流れやめてほしいなぁ。というか、この流れ悠里と未夢でじゃれあっているだけな気がするんだけど。何見せられているんだか。だけど中原さんも満足げなので、それはそれでよくわからん。未だにあの人が摑み切れない。

一方、会議はいたって真面目で定期戦も終わって次は文化祭交流の話になった。お互いの文化祭に全校生徒で行こうとかいうのもあったが、出席日数とかキャパとか、そういうのを考えて現実的なステージものの交換上演となった。うまくうちの学校からも希望クラスが出てくれたので、そこにお願いができた。よかった、希望クラスが出て。僕だったらこんなの乗り気にならないタイプだからなぁ。この辺りの希望調査は悠里が進めていた。まぁ悠里にミスはないだろうしよろしくやってくれているんだろう。そうこうしていたら議題がその話になり、悠里が話し出した。

「はい、今日のテーマは文化祭の交流の進捗状況だね。こちらからは二年三組からの演劇『もしも野球部のマネージャーがボーボボを読んだら』をそちらの学校でも上演いたします。上演時間は三十分予定です」

未夢がうなずき、返答する。

「了解しました。こちらからは二年E組のミュージカル『ムササビキング　ジャングルの王者』をそちらの学校で上演いたします。上演時間は同じく三十分です」

なにそれ超観たい。どっちもギリギリ攻める感じになるの、その日観に行ってもいいよね。とワクワクしながら手帳の日付を確認したりしていると議題も終わり、悠里が面倒なことを言い出した。

「あとはあれだな、生徒会合同で演奏する曲を決めようか」

「何その話聞いてないいんだけど。これ夢？」

僕は言った。確かにちょっと前に誰が楽器できるかの話の流れで会話したけど、結果流れた記憶があるのだが。

「当たり前だろサプライズですするんだから」

せめて演者にはサプライズにするな。

「適当な青春パンクだったらいけるだろ、Ｃｍ7、Ｄｍ7、Ｆｍ7の三つぐらいコード押さえられたらイケルイケル」

悠里が笑う。というか、それブルースコードじゃないか。僕は知ってるんだぞ、僕はギターに詳しいんだぞ。

「そうですね、パンクロックなんて全部雰囲気ですよ。パワーコードで十分」

未夢が乗ってきた。あ、終わった。この子が乗ってきたということはもう逃げ道がないんだ。

「とりあえず偏見すげぇよ。僕はまだやるとは言ってないよ」

話を流し切ろうとする。だけど悠里が許さない。

「合同演奏を中止にするとなると、お前にはその空いた時間スケッチブックとマーカーだけ持ってステージに立ってもらう事になる」

「なんだよ、フリップネタでもさせるのか」

「いや、ステージ上で『羽下結月です！　特技は大喜利《おおぎり》です！　お題をお願いします』と、観客とガチバトルをしてもらう」

殺す気か。人間の心って簡単に折れるんだぞ。

「わかったよ、演奏すればいいんだろ、ちょっとは手加減してくれたそれでいいよ」

諦めた。世の中にはどうにかできることとできないことがある。この件は、というか悠里が絡むと基本的に後者になる。

「大人は全員敵だ！　学校燃やせ！　みたいな曲やりたいですね」

中原さんが尖《とが》ったことを言い出した。落ち着いてくれ。

「まぁ、有名な曲一つと互いの学校の校歌をバンドカバーしたらいいかなと思っている」

「ギターソロまでは求めませんよ、そのあたりは私が鍵盤で何とかしたりしますし。中原さん、アレを」

「はい」

そう言って中原さんが譜面を配りだした。いや、決まってたんじゃねーか。逃げられないのはわかっていたんだけどさ。

「逃げ道はないってことですね……」

「お前の逃げる先は全てここに通じている」

僕は軽くため息をついた。

「ゆう君、淀んだ空気出さないでください。中原さん、空気清浄機を」

「最強にしました!!!」

ゴーという音が部屋に響く。そうか、僕はこのキャラでやっていくしかないか。空気清浄機よ、僕をこの空気ごと消し去ってくれ。

そんな気持ちとは裏腹に淡々と会議は踊り、その後は文化祭の出し物の簡単な説明と譜面の読み方、サンプル音源の共有があって会議は終わった。

「次の会議で一回合わせるから形にしておいてねー。それじゃー今日は解散ー」

悠里の声と共にこの会議はヌルっと終わった。どうするかね、ギター練習間に合うのかな。とりあえず今日は絶望と一緒に帰ることにした。なんて悲しいことを考えていたら悠里に声を掛けられる。

「ちょっと文化祭の件で先生にハンコもらったりせにゃならんから先に帰ってくれ」

「おいすー」

雑に返事をしながら演奏のことで頭を抱えながら帰ろうとした。

「おーい、未夢ーコイツ連れて帰ってくれ。ちゃんと帰れるか不安なんだ」

悠里、そういうのはいらないんだけど。

「今日は絶望と帰ることにしたから大丈夫だ」

僕はそう返した。

「はーい、ゆう君帰りますよ。時間がないので譜面出してね。譜読みしながら帰りますよ

呼ばれた未夢はこっちに飛んできて帰り支度をしている僕に近づいてきた。

「お前ら本当に人の話を聞かないよな」

「こっちですよー」

あのね、未夢さん、人が喋っているときに腕を引っ張らないでね。もう僕は色々なものを諦めているから力づくでやらなくても大丈夫だよ。


駅まで一緒にトボトボとルンルンと歩く。通行人から見たら僕ら二人はどう見えるんだろうか。未夢はそんなことも気にせず、譜面を眺めて難しそうなポイントを教えてくれる。こっちもそこに印をつけておく。

「ゆう君、ギターの練習間に合いそうですか？」

駅までの残りを歩きながらそう未夢が聞いた。

「間に合う間に合わないじゃないんだよ、間に合わせるんだよ」

もう言葉遊びをして逃げるしかない。

「いや、そうじゃなくて」

「できることをやるだけかなー、人様に聞かせられるレベルまで底上げを隙間時間に、っ

この感情が
思い出に
変わる頃には、

て感じかな」

僕は譜面を繰りながらなんとなく計算する。

「お手伝いしましょうか？　多少ならお手伝いできますよ」

横を見ると目をキラキラとさせている未夢がいた。

「いや、そうなったら凛音に頼むから大丈夫」

「なんで私じゃないんですかー」

未夢はポカスカと僕を叩いてくる。艶のあるボブの髪がほわほわと揺れる。

「そりゃあ凛音が大事な人だからだよ」

「私の前でのろけるなー」

一向に叩くのをやめない、どうすりゃいいんだよ。微妙に強くなっているし。


「仲良しさんなのだね、ゆづ君」

駅前で後ろから声がした。この声は凛音だ。何か色々ヤバイ気がするぞ。後ろめたいことはないはずだ、と確認した瞬間に生徒会室の一件がよぎったけど。

「えーあー、その、凛音、どうしたんだこんなところで」

すごい、後ろめたいことはないはずなのに本当に怪しい発言になってしまった。

「ゆづ君、そんな言い方すると疑わしくなくても疑わしく聞こえてしまうのだよ」

そう言って凛音が僕と未夢の間にグイッと入ってきた。

「私は本屋に寄って買い物した帰りなのだよ。ゆづ君、せっかくだしこのままデートしよう。色々聞きたいこともあるのだよ」

そう言いながら僕の腕をつかんだ。なんだか、怖いですけど凛音さん。とりあえずこの状況を転がすためにも僕はその体勢で未夢の紹介をした。

「デートは構わないよ。そうだ、この子が噂の未夢さん」

「知っているのだよ」

「え?」

想定外の回答が返ってきた。あれ? 紹介したことあったっけ。

「はい、知っていますよ。凛音さん、ゆう君に話してなかったのですか?」

今度は未夢がそう言った。どこかで悠里から紹介を受けたのか?

「話してないのだよ」

「てっきり話してくださっているのかと思っていました」

「話す必要が無かったからなのだよ。あと話さない理由があったからなのだよ」

「なるほど、そういうことですか」

何やら二人でよくわからない言語の会話をしている。僕は一人置いてけぼりになっている。

「えっと、どういうことなの？」

僕は聞いた。うん、わからん。わからんということだけがわかった。無知の知だ。えらい。

「私の弟の未空が病院に搬送されたとき、出会ったのが凜音さんです。その時に良くしてもらった大事な方です」

「なのだよ」

「マジか」

聞いた話を思い出す。話は繋がりはしたけど。

「だから私は別に二人がイチャコラしていても怒ってないのだよ。私はゆづ君を信頼しているし、未夢ちゃんのことは信用しているから」

嘘ですよね、凜音さん。めっちゃ僕の腕つねっていますよ。こっちも悪いんだけど。

「凜音さん来られたのなら私は退散しますね、凜音さん、またお電話でもしましょう。あと、私、負けませんから」

「未夢ちゃん、いつでもかかってくるがいいのだよ。まだ私のゆづ君への愛に勝てると思っているんだね」

「戦っているかぎり、負けないですから」

「ゆづ君みたいなこと言うね」

「ゆう君に教えてもらったことですから」

そういじわるに笑う未夢。あの、ちょっと、腕をつねる力強くなっていませんかね？

凛音さん。未夢もガソリンを注がないでくださいよ。


そうバチバチした後、未夢と別れて凛音といつもの喫茶店に向かった。あんなことを言いながらも道中ずっとプリプリしている凛音をやっぱりかわいいと思った。

「あまり街中では私以外の人とイチャイチャしないでほしいのだよ。私ならともかく他の人に見つかると私のところに話が来たりして面倒なのだよ」

そう言ってティーソーダを啜《すす》る彼女。私ならともかくと言いながらもめちゃくちゃ膨れている。いつもよりティーソーダの氷をストローで回す速度も速い。

「悠里と未夢の圧力のなし崩しだったんだよ、ごめんって」

「だとしてもゆづ君の気持ちがそこに全くなかったわけではないのだよ。だからゼロパーセントの不本意ではないのだよ」

「はい、気を付けます」

真面目に頭を下げる僕。そして気になることを一つ聞いてみた。

「けどさ、なんで未夢のこと黙っていたの？」

「黙るとは？」

凛音は小首をかしげる。

「だって何度か未夢の話になったときに知っている素振りもなかったじゃないか」

膨れていた凛音がいつもの凛音に徐々に戻ってきてもじもじとしだした。

「んーとね、色々理由があるんだよ。最初はゆづ君に紹介したくなかったんだよ」

「なんで？」

「取られたくなかったから」

まっすぐにこちらを見ていった。

「私の自慢の幼馴染、ゆづ君の話をしていると、どんどん彼女も気になってきたみたいだったし、だけど、私はあの子と直接同じステージで戦うと勝てる自信がちょっとなかった。だから、私は未夢ちゃんには会わせたくなかった。同じステージで戦いたくないから、今、こうしているんだよ」

顔を真っ赤にして話す凛音。

「意外な一面だな」

「知らなかったの？　私はわがままなんだよ。自信があるとか格好いいこといっても、最後は私だけのゆづ君であって欲しかったりもするんだよ。私だって、ゆづ君みたいな言い方すると人並みな女の子だったりするんだよ」

そして照れ臭そうに笑う彼女。わかっているよ、凛音。僕が知る限り凛音は誰よりも凛として、誰よりも一生懸命で、誰よりも諦めることなく、誰よりも女の子らしい女の子だよ。だから僕は君を好きになったんだよ。そう言うと彼女は世界で一番かわいい笑顔を僕に向けてきた。僕はそれを全身で受けとめる。

「ゆづ君はさ」

凛音が息を吸った。

「ゆづ君は未夢ちゃんに会ってどう思った?」

僕はなんて言えばいいんだろう。何を思っているのだろう。自分の気持ちが一番わからない。

第十六話　準備が楽しいのはまだ結果が出ていないからだ。

指が痛い。慣れないギターの練習をしていて指が痛い。凛音に教えてもらうことになったのだが、彼女は音楽については妥協することなく駆け抜けた人なのを忘れていた。初めてあんなに厳しい凛音をみた。そのおかげもあって人前で何とかできるレベルにはなった。

それを何より喜んでくれたのは凛音だった。そしてそれが見られただけで僕はこれに巻き込まれて良かったと思った。けど二回目はゴメンだ。

しかしながらだ、僕以外のメンバーは初回の音合わせでほぼほぼ完璧なものをもってきていたので、僕一人ハードモードの文化祭をセレクトしていたみたいだった。今となっては許してやる。間に合ったから。そういうことで、今日は何とかその文化祭を迎えた。未夢の高校の文化祭は来週なので今日が初めてのステージ。だけどそれ以外の準備ももちろんあるのでそこばかりにも気持ちを置いていけない。もうすぐ文化祭初日の朝の九時。放送室にいるのは僕と悠里。今から悠里の放送をもって文化祭がスタートする。

「皆さん、おはようございます。生徒会長の伊坂です。今日は待ちに待った文化祭です。ルールにのっとって文化祭を楽しみましょう。それではせっかくの文化祭、大きめの革命を……」

なぜかそれ以上いけないと思い、僕はマイクを奪う。

「九時になりました。入場ゲートをオープンします」

開会宣言をした。さぁ、何も起きないといいけど、多分何かは起きるので、せめて僕が対処できる範囲内で何か起きてくれたらいいのにな、と。

「ゆづ君、悠里君おはよう。何とか当日を迎えられたね。しばらく遅くまで仕事続きだったもんね」

放送室を退散し、生徒会室に悠里といると凛音が入ってきた。

「おはよう凛音」

「おはよう凛音ちゃん、今日も元気そうだね」

最後の詰めで予算が足りなくなってドタバタしてしまっていた、それもようやくこれで終わりとなるとちょっと寂しくなるな。と思ったら悠里が教えてくれた。

「だけど来週に未夢の高校の文化祭があるからまだまだバタバタは終わらないよ」

そうだ、向こうとの交流があるから生徒会も支援でしばらく忙しいのだった。

「聞きたくなかった」

本心が零《こぼ》れた。その言葉に二人とも笑う。

「今日の演奏楽しみにしているからね。ステージで、最前列で見るつもりだから。ゆづ君、練習の時みたいに走ったりテンポずれたりしたら許さないよ」

そう言って凛音は割とガチな目でこっちを見ている。怖い。

「じゃあベースでこっそりアドリブしたりして揺さぶるよ」

悠里が茶化す。ガチでやりかねないんだよな、こいつ。

「そういや未夢ちゃんはいつ会場入りするの？」

凛音が聞いた。

「朝イチからの予定だったんだけど、ちょっとトラブったらしく、リハに間に合うかどうかだって」

悠里がスマホを見ながらそう教えてくれた。まぁ、こっちは当日だけど向こうは文化祭一週間前だもんな。問題が露見してくるのも丁度《ちょうど》それぐらいの時期だ。僕らも一週間前は色々なものを恨みながら作業していた記憶があるし。

「まぁ、ステージは昼からだ。何とかなるだろう、知らんけど」

そう悠里が言った頃に他のクラスからの呼び出し無線が入る。面倒な一般客が入ってきて同級生が揉めてしまったとかなんとか。先生案件な気もするけど、僕らも対応に向けて指示を出しながら動き始める。

今日もどうか、いい一日でありますように。


が、いい一日にならなさそうだ。

未夢の到着遅れている。本番の時間に間に合うかどうかのレベル。ステージ進行は時間遅れなしで進んでいる。あとは祈ることだけ、か。

「悠里、最悪どうする？　ステージ飛ばして最後に回してもらうか？」

「いや、舞台セットの関係であの枠以外は難しい。転換の時間が取れない」

僕が考えることなんか全部想定しているんだった。悠里だもんな。だとするとあとは予期せぬラッキーパンチを祈ることぐらいか。悠里のスマホが鳴いた。その電話に僕は少し祈りをささげた。

漏れ聞こえる会話が聞こえる。悠里の声はいつもと変わらない冷静なままだ。電話を切ると僕に言った。

「中原さんだけは間に合いそう。ただ、未夢はまだわからん。演奏だけどメロディラインは必要だから中原さんにキーボード弾いてもらうか」

「あの人キーボード弾けるの？」

「中原さんだよ？　他のパート何が来てもいいように準備はしているよ」

だから何者だよ、中原さん。

演奏までの時間はゆっくり消えていく。溶けていく。ステージまで後残り時間は三十分。体育館では僕らの一つ前のステージが始まったところだ。この調子だと中原さんすら怪しいんじゃないのか。

「お待たせしました」

後ろから声がした。中原さんが先行到着したのだ。これでステージを飛ばすということはなくなった。悠里が状況を報告する。

「お疲れ様です。次が僕らのステージです。未夢は間に合いそうですか？」

「報告の通り文化祭準備中に保健所絡みのトラブルがありまして。事務手続き云々は私のほうで済ましておいたのですが、生徒会長からの学校への説明が残っており、私が出た時はまだ校長に捕まってました」

歯切れが悪い。

「つまり」

僕は結論を急いで聞いた。

「いつ到着するか分からない、ってことか」

答えたのは悠里だった。それを見て中原さんもゆっくり首を縦に振る。そして三人は無言となった。

「次ステージの生徒会チームの方々、舞台袖で待機をお願いします」

ステージの運営方から呼ばれた

「中原さん、キーボードお願いできますか？」

ギリギリまでラッキーパンチを狙っていた悠里がプランBの決断したようだ。僕は何もできない、無力なもんだ。ため息と同時に控室のドアから見慣れた子が入ってきた。

「ゆづ君、困っているときは頼ってもらっていいんだよ」

メンバー全員の時が止まった。そこにいたのは凛音だった。

「シンセサイザーでは演りたくないから前ステで使っているグランドピアノを出しっぱなしにしてもらうようにお願いしておいて、悠里君」

「承知、中原さん、ドラムを予定通りお願いします」

悠里が走り出した。

「はい、そのつもりです」

えっと、状況がよくわからないけど、なんか色々動き出している。

「凛音ちゃん、グランドピアノOKだってさ。んで、あと一曲で前のステージが終わるって」

凛音はニッコリ笑って僕らを見た。だけど、その目は恐ろしいほどに真剣だった。音楽に対するストイックな目の凛音だった。

「ありがとう皆さん。ゆづ君との練習にも付き合っていたし、さっき音楽室で譜面を借りて練習はしてきたよ。ただし皆さんと合わせるのは初めてだから私は私のメロディラインを弾く。誰にも合わせない。私が合わせるのは絶対的正義の譜面とメトロノームのリズムだけ。それでもいいなら一緒にやりましょう」

「これは手厳しいですね」

中原さんが笑いながら答えた。スティックを握り、腕の筋を伸ばしている。

「凛音ちゃん、よろしくね。ベースラインは死んでも外さないよ」

「リズム隊のみんなよろしく。そしてゆづ君、君にも彼氏だからって容赦《ようしゃ》はしないよ」

「一番よく知っているよ」

「生徒会の方、ステージ準備をお願いします！」

僕らは手を重ねて掛け声をかけた。最初で最後のメンバーのセッションだ。

ステージに手を振りながら悠里が出ていった。歓声と拍手が聞こえる。僕らも続いて定位置に向かう。ドラムの中原さんは椅子にすわってスネアなどの調整している。アンプの前で悠里がベースのチューニングをする。ステージの下手では僕がギターのチューニング、そしてその僕の後ろ、凛音がピアノの前に座った。

「ねぇ、ゆづ君、覚えているかな？」

「いつの日か僕とセッションできたらいいな、って言っていた話だろ」

凛音が目を丸くした。

「なんで話そうとしたことわかるの？」

凛音が嬉しそうに涙を浮かべてこっちを見た。ぼくはズルく笑った。

「スーパー幼馴染のスーパー彼氏だからな。こんな形で叶うとは思わなかったよ」

「私も。もう手放したピアノをこんな形でもう一度することになるとは思わなかったよ。ゆづ君とセッションできるから特別だよ。最初で最後、最後で最後なんだよ。しっかり目に、耳に焼き付けておくといいよ」

「おーい、スーパーバカップル、そろそろ行くぞ」

悠里が声を掛けてきた。どうでもいいけどお前マイクを通して呼びかけるな。会場を笑いが包む。僕は苦笑いをする。凛音はうなずく。悠里がPAさんに指示を出す。

「ありがとう、凛音、愛してんぜ」

返答を聞かず、マイクの前に立ち、照明が上がるのを待つ。会場のざわつきが一瞬途切れた後、一気に照明が上がる。僕たちの最初で最後のステージが、セッションが始まる。

「どーも、生徒会でーす。あ、バンド名どうしよう、そうだなEnd Jackです！　みなさん、文化祭楽しんでますかー！　文化フライ食べてますか!!」

悠里がMCを進める。そんな出店ねぇよ。

「今年は星空台高校とコラボした文化祭ということで、星空台高校から演劇のステージと、私たちの生徒会でもワンステいただきました、それでは文化祭後半も楽しんでいきましょー」

僕がワンストローク鳴らす、中原さんがスティックを三回打つ。全員の目線が交わり頷く。そして始まる十五分もないこの時間が、僕らが主役の時間。人並みな人生と言い続けたけど、多分、この十五分間だけは人並みだなんて思っていない。だけど、僕の人生のピークはこんなところじゃないとも思っている。

一曲目は有名なパンクロックだ。青春がタイトルのこの曲。ギターのソロから始まるこの曲。息を止めて指を走らしたとき、後ろから譜面に無い音が聞こえてきた。凛音だ。何が『絶対的正義の譜面にしか合わせない』だよ。だけどありがとうな、僕のギターを支えてくれて。真っ暗な中で一人じゃないって思えたよ。歌詞が始まる。悠里がハイトーンボイスを響かせる。僕は必死に合わせる。悠里の声に、凛音の音に。中原さんのドラムに。圧倒的な正義のメロディラインを凛音は全力で弾く。僕もそれに応じては進める。凛音と目が合う。練習の時のような厳しい目じゃなく、優しい目だった。会話なんてしてないのに、通じ合えた気がした。この一瞬で、この一瞬以上の何かが一気に通じ合えた。一曲目が終わる。そのまま校歌のバンドアレンジを始める。

叫ぶように悠里が校歌を歌う。僕はその下のパートをコーラスする。

その時、体育館の後ろのドアが少し開くのが見えた。

ステージからは逆光で客席が見えない。だけど、あの影は、あの背格好は間違いなく未夢だ。髪を揺らして、小柄なのにしっかりと胸を張って堂々としてるあの姿は未夢だ。よかった、間に合ったんだ。この僕らのステージに。

見ていろよ、未夢。僕と凛音はここにいるぞ。ステージに間に合ってよかったな。このステージはここにしかないんだぞ。未夢、目に焼き付けておけよ。

一音、ギターの音が濁った。振り切るように続ける。アウトロに差し掛かる。一小節、一小節、僕の人生の主役の時間が終わっていく。終わるな、終わってくれるな。何が人並みな人生だ。誰よりも劇的な人生に憧れていたくせに。この劇的な瞬間を待ち望んでいたくせに。笑えてくるよ。

時間は容赦ない。ラストのコードをかき鳴らした。会場の後ろの未夢、ちゃんと聞こえたか？　ギターの音が、凛音が踏んだダンパーペダルにより伸ばされた音が消える。空気に溶けた。メンバーを見渡す。中原さんは涼しい顔をしていた。悠里はよくやったな、という顔。そして凛音は、いつも通り優しい顔をしていた。

僕の人生の最後も、こんなに劇的だったらいいのにな。

第十七話　好きな本でモモを上げる人に悪い奴はいない。

ステージも終わり、その後も文化祭は比較的穏やかに進んでいった。僕らは各自の仕事を処理していく。ようやく隙間時間ができたので控室替わりにしている生徒会室に戻ってきた。

「おー、結月お疲れ。格好良かったよ」

「悠里もお疲れ、やっと休憩取れるな」

お互い朝から走り回っていたからなぁ。悠里も崩れるように椅子に座る。そして顔にタオルをかけて天を仰いだ。コイツも疲れるとかあるんだな。いつも飄々《ひょうひょう》としているから疲れない人間なのかと思っていた。

「何とかね。けどいい文化祭にすることができたよ。色々理由もあるけどさ、やっぱお前がいたからだよ。ありがとうな」

口しか見えない悠里が言う。僕もその言葉に嬉しくなる。どんな目で言ってくれてるんだろうか。

「あんがとな、あの瞬間は人並みじゃない人生を味わえたよ」

「お前の中での最上の誉め言葉だな」

悠里がそんな言葉を返すと同時に生徒会室のドアが開いた。

「失礼しまーす、あ、悠里さん、結月さん。ステージではお疲れ様でした」

中原さんが入ってきたのはいいが、なんでこの人髪の毛を全部逆立てているんだろう。

ステージ上では普通だったのに。

「この髪型はステージでしようと思っていたのですが、間に合わなかったので逆に今しておきました」

心を読まないでくれ。あともう悠里と結月でいいよ、というと中原さんが紙袋を差し出してきた。

「これ最初に渡す予定だったんですが、うちの校長からのおみやげです。どうぞ」

そう言って駅前の和菓子屋さんの包み紙を差し出してきた。

「ありがとう、内容確認したのでお返しするね」

僕は受け取ってそのまま中原さんに返却しようとした。

「そういうノリ好きですけど、これをうちの校長に返すの私になるので受け取ってください」

「はいよ。受領書切るからちょっと待ってね。学長印取るのに今から学長の秘書さんに電話するから」

悠里が受け取ると学長印のワークフローを起票しようとした。

「ガチらなくても結構ですよ」

中原さん、やっぱり楽しい人だ。皆が信頼するのもわかる。全部を受け止めてくれる。

「ピアノの方にもこのおみやげお渡しいただけましたら。あの方何者ですか？　あのレベルの演奏をさっとされる方だったら余程のキャリアの方かと思うのですが」

「コイツの彼女さんの水無瀬凜音ちゃんだよ。子供のころからピアノやっているんだってさ」

「正確にはやってた、だよ。こないだの発表会で辞めたんだ。今日は特例」

僕は補足をした。その言葉に中原さんの顔が青ざめた。

「え？　あの方が水無瀬さんだったんですか。ピアノのコンクール入賞者で何度も名前をお見掛けしましたよ。音大とかそちらのほうに進まれるのかと思いましたよ」

「人にはそれぞれ事情があるのだよ。真島昌利《ましままさとし》みたいに」

そう言いながら凜音が入ってきた。ここは生徒会室のはずなのだが、自然すぎて誰も何も言わない。

「その理由はなんでもいいんだよ。結論として私はもうピアノは弾かない、弾けないんだよ。中原さんこそコンクール荒らしてらっしゃるじゃないですか」

「水無瀬さんほどの方にお褒めいただくとは恐縮です。実は私訳あって高校留年しているんですよね。だから皆さんより追加で一年経験があるから当然ですよ」

「なるほど。ちょっとだけ納得しました。それでもなお恐ろしい腕前ですよ。私の音楽人生はゴールを迎えましたので、中原さんは機会があればぜひとも続けていただければですね」

何やら通じるものがあるのだろうか。とりあえず中原さんの秘密がまた一つ明らかになった。なんか悠里よりも凛音よりも未夢よりも今は中原さんの詳細が気になって仕方がない。


「すいません、遅くなりました」

生徒会室のドアが開いてオドオドと未夢が入ってきた。小柄な未夢が更に一回り小さく見える。

「おー、お疲れ。無事終わったか」

悠里が問いかける。

「はい、とりあえずは。皆さんのステージ見たかったのに残念です」

未夢はぐったりした感じで席に座った。あれ？　ステージから未夢を見かけた気がするんだけど。聞いてみるか。

「最後の一曲間に合ったんじゃないの？」

「え？」

「は？」

「ん？」

全員が疑問符で殴りかかってきた。

「さっき到着したところですよ」

しれっと未夢が言う。

「いや、僕らの演奏の最後の一曲の始まりぐらいで体育館の入り口から入ってきていたよね」

あの時見た背格好、歩き方は間違いないと思うのだけど。

「演奏中にそこまで気が回らないし、仮に見ていたとしても逆光だろ、なんでわかるんだよ」

悠里が言う。いや、お前は気づけよ。

「ゆづ君、どうしてそんな状況で未夢ちゃんだと分かったのかな？　そんなに演奏余裕あったのかな？　何音か誤魔化していたところ、あったと思うんだけど」

凛音が言う。ごめん。それはごめん。

「お、ジャパニーズ修羅場ですね」

中原さんが言う。嬉しそうに。なんでだよ。

「さすがゆう君、私のことをずっと探してくれたんですね」

だから未夢もガソリンを注ぎ込むなよ。火元を出した僕も悪いんだけどさ。

「まぁまぁ、炎上騒ぎはこの後のキャンファイヤーで好きなだけやってもらうとして、今は貴重な休憩を楽しみましょうよ」

珍しく悠里が火を消してくれた。ありがとう仕事してくれて。

「悠里さんも優しいですね」

中原さんが完全消火に向けて話題を転がしてくれる。

「おう、結月とは同じ釜の飯を食った仲だからな」

悠里がニヤリと笑い言った。

「駅前の定食屋のな」

僕が返す。

「同じ釜メンバーめっちゃ多くないっすかね」

中原さん会話のテンポを上げてくれる。だけどそうこうしていたら無線呼び出しが入る。

もう少し、ゴタゴタは続きそうだ。

第十八話　人生はまだ続く。

閉幕祭が終わった。文化祭が終わりを告げる。今年の秋が終わった。あとは終わりに向かって走っていくだけなんだろうな。

「マジかー、話して何とかなったりしないの？」

まだバタバタする生徒会室で電話をしている悠里が漫画みたいに頭を抱えている。珍しい。あいつが解決できない難しい問題なんてあるんだな。電話を切ってクソデカため息が聞こえる。

「結月、問題発生だ。未夢の学校の文化祭が中止になるかもしれない」

「いきなりだな」

「集団食中毒で保健所が入った結果、飲食店のクラスの試食が原因って。それで軒並みクラスがアウトになって予定通りの開催ができないって」

それを聞いて今度は僕が頭を抱える番だった。食中毒なら最低二週間ぐらいは延長しないといけないだろう。すると確か体育祭とスケジュールバッティングだったはずだ。そのあとの十一月に入るともう受験生は参加し辛くなるのだろう。今のままで進めるのにリソースが不足しているのなら、代わりにこっちのリソースを提供することもできなくもない。

「方法を考えるのは俺の仕事だからな。分業分業。決まったら作業は結月にお願いするわ」

僕の思考を悠里が止めてくれた。そのまま鼻歌交じりに僕の前から消えていった。だけど考えろ、考えるんだ。僕。力がないなら知恵を出すしかないんだ。


一斉下校の放送がかかる。こちらの文化祭は恙無《つつがな》く終わった。問題あるのは未夢の学校の件だ。教室でカバンを取り、下駄箱に向かう。生徒会室から光が漏れている。悠里が残っているのか。顔を出そうとドアに手をかけた時に声が漏れ聞こえた。

「……抱え込むなよ、未夢が抱え込んだら解決する問題じゃないんだからさ」

未夢と直接話しているのか、電話なのか。どちらにしても今の僕じゃ何もできない。考え事をしながら逃げるように下駄箱に向かう。

「遅いよー」

後ろから凛音の声がした。

「待っていてくれたのか、ありがとう」

「今日はお疲れ様なのだよ」

凛音がねぎらってくれた。その一言で疲れなんて全て吹っ飛んだ。

「こっちこそありがとうだよ、おかげ様でステージ楽しかったよ。未夢にも見せつけたいぐらいだったよ」

「未夢ちゃん、ステージを見ていたと思うよ」

凜音があっさりと冷たい目で言った。

「けど、本人は見ていないって」

生徒会室では会場で見かけたと言ったのに本人に全否定されたはずだ。凜音は首を振りながら言った。

「多分、あのステージを見て、悔しかったんだと思う。だから見なかったことにした。彼女はそんな子だよ。だけど、私でも多分、そうする」

「だとしたらステージに間に合わなかったことが悔しかったのかな」

僕はそう言った。すると凜音が首を振った。

「違うよ、ゆづ君と一緒のステージに立てなかったこと、私がそこにいたこと、そして多分、私に勝てないとでも思ってくれたのかな。最後のはただの推測だけどね」

テヘっと笑う彼女。未夢との付き合いの長い彼女だ。多分そうなんだろう。

「そんなものなのか」

「そんなものだよ。私だってゆづ君が未夢ちゃんたちとセッションするって知ってすごい嫉妬したんだから。教えるのも厳しくなっちゃうよ」

「そんな理由だったのか」

「だよ。だけど私は思いもよらない形でステージに立って、ゆづ君とセッションするという夢が叶ってしまった。本当に、もう悔いはないよ」

「そんな悲しいこと言うなよ」

「私は今まで辛いこともあったけど、ピアノをしてきてよかった。本当にそう思っている。だから、未夢ちゃんの文化祭には呼ばないでね。君たちのステージを見てしまうと、私はモヤってしまうかもしれないから」

「その心配はなくなるかもしれない」

「なんで？」

僕は経緯を説明した。未夢の学校の文化祭が流れるかもしれない話を。

「そうか、なんだかステージが流れてしまうことを心のどこかで願ってしまっていただけに心が痛いよ」

凛音が胸を押さえながら言った。その心にぼくも胸が痛くなる。

「関係ない、とはいってもなんだか気持ちいいものではないよね」

「ゆづ君はどうするの？」

「未夢が、とかではなく向こうには何百人という生徒がいて、その全員でなくてもかなりの数の人が楽しみにしていたんだろうし、できるのであれば手伝いたいけど、今回ばっかりはなかなか難しそうだな」

空を仰ぐ。諦めたわけではないし、かといってジャストアイデアの糸口すら持っていない。

「相変わらず他人の人生に一生懸命なのだね。そういうところ好きだよ。いや、愛してんよ、だっけ」

そう僕がステージで凛音に言った言葉をそのまま返してきた。こっ恥ずかしい。

「ありがとね」

そう言って凛音の手を取りつなぐ。マスターの言ってくれた話を思い出す。この人生の最終話を意識するよりも今この瞬間の一話一話を大事にしないといけないんだ。僕は今、最終話はわからないけれど、今この話では凛音の手を取り、凛音と歩くことを決めたんだ。だからこの道をしっかりと歩かなければならないのだ。

第十九話　君の目には僕がどう映っているんだろうか。

文化祭明けの学校は僕らの心配なんて気にもせず騒々しく、そして日常に帰ろうとしている。凛音と登校して教室に着くと明らかに寝不足の悠里がいた。いつもしゃんとしている悠里が。珍しいものを見られた。これは今日いいことあるぞ！　なんて思ったけどそんなのは僕の空元気《から》に過ぎない。

「おはよう、と言いたいところだけど寝てなさそうだな」

僕は悠里に声を掛けた。

「おー結月か。おはよう。例の件で調べたり未夢と電話したりしていたからなぁ」

「体壊したら元も子もねーからほどほどにな」

「だけど解決できなかったらもっと元も子のないんだよな」

ため息をつく。おそらくまだいい案が出ていないんだろう。それ以上会話しても悠里のリソースを無駄に消費してしまう気がしたので、手を振って席に戻る。一時間目は古典か。片耳で聞きながら、思いつくものを整理してみるか。今日は定例会議の日、百個準備しておけば一個ぐらいは通用してくれるだろう。それが無理なら千個準備すればいいんだし。


そんな感じで突拍子もないアクロバティックな案も含めて量は用意できた。何かしら解決策の方向は出る……と願っている。というか解決しないと未夢を救えない。定例会議のギリギリまでこのことを考えて精度を上げてパターンを考え尽くす。あとは案を昇華できれば何とかなるかもしれない。

「それでは定例会議を始めます。こちらからは伊坂と副会長の羽下が参加します」

初めて普通に始まった会議。この時点で空気が変わってしまっている。

「はい、星空台高校からは私と中原で進めます」

そうして事務連絡と予定アジェンダを手短に終わらせて本題の議論が始まった。未夢はあまり思考が回っていないようで、悠里が出す案出す案に微妙な表情や、「でも……」という返しをしている。僕は出る案をホワイトボードにまとめてその理由をまとめていく。中原さんはどうやらメモを取っているようだ。


状況は変わっていない。食中毒で二週間は開催不可、開催するにしても再発防止なども付けて実施が必要。学校としては今季の文化祭は中止する方向。これが実施できない理由。じゃあ延期開催するか、となった場合は体育祭とバッティングする。体育祭との連日開催もリソース的に厳しい。じゃあ体育祭の翌週となるとステージなどの準備が間に合うかどうかというのと十一月に入るので、受験生への懸念があるとPTAや先生から声が上がっている。一番の課題は未夢がもう諦めてしまっている、というところなんだけどさ。

「この中だと連日開催をしてリソースの課題をクリアするのが一番簡単かな？」

「分割開催とかはどうだろう、演劇とかを当初週にして体育会の後に出店系を開催するとか」

僕は考えてきた案のうちの一つを出す。

「いい案だとは思うけど、イニシャルコストが二重に発生するうえに集客が分散するから収益予測に再計算が必要だし正直かなり厳しいと思う」

「んー、書類や予算上なら何とでも見せられるかもしれないけど最後の予実《よじつ》分析で叩かれそうだな」

「あと予定の組みなおしもあるので、ちょっと厳しいです」

未夢が言った。かなり弱気な未夢だ。いつもなら何とかします、とか中原さんよろしくってやるのに今では俯《うつむ》いて現実的な対案を出し続けている。

「予算を引っ張ってくるとかは？　地元の商店街にスポンサー依頼するとか」

「今からじゃプレゼン資料を作っても商店街の代表とのセッティングとか考えると間に合わないなぁ」

カレンダーを見て日付を数える悠里。何度数えても日付が変わらない。

だんだんと意見が減っていく。僕の用意した案もほぼほぼ出尽くしている。空気が淀みだす。濁りだす。滞《とどこお》り出す。そして止まった。

詰んだ、そう思った瞬間、声が聞こえた。


「じゃあ私の意見をいいですか」

ずっと黙っていた中原さんが口をあけた。

「皆さん、なんで文化祭をしたいんですか？」

一同「は？」という顔で中原さんを見る。

「目的が文化祭の開催になってませんか。目的は参加者が文化祭の思い出を作ることのはずです。文化祭の思い出が糧《かて》になって様々な場所で肥料になり、話のタネにして何か大きな効果が生まれる、例えばその話を好きな人にして、親密になる、久しぶりに会った友人とその話をフックにして話題が広がる、ということになることが目的であるべきだと思っています」

全員視点がずれていた。いや、見ている方向は同じだったんだけど、その焦点がずれていたんだ。中原さんは僕たちの開催という目標ではなく、そのさらに先に焦点を合わせていたんだ。中原さんは続けた。

「僕は、現時点では中止でもいいと思います。もちろん開催してほしかった。開催したら色んな思い出や、出会いや、関係ができたかもしれない。けどそれは、中止することで無の期間が生まれるわけではなく、別の思い出ができるだけです。最後の文化祭がハプニングで中止になった、代わりに何か別のことをした、そういうもののほうが、無理やりに小規模な文化祭をするよりも思い出ができるのかもしれないです。妥協に聞こえるかもしれませんが」

そして中原さんがダメ押しの発言を出す。

「極論ですが、例えば大事故で生徒の半分が死んだりしても無理やり開催しますか？　開催自体が絶対条件でも勝利条件でもないはずです。もちろん、すぐに諦めるのは違いますので、ここまでの議論はとても意味があるものだと思います。百点の回答はできなくても百点を目指す気概は常に持たなければならないですから。だから、文化祭の開催じゃなくて、できることをする、できなくてもいいが正解だと思います」

全員黙り込んでしまった。中原さんが一番俯瞰《ふかん》していた。何が人を救うだよ。クローズアップの悲劇しか見ていなくて、ロングショットを見ることができていなかったじゃないか。

「どうですか？　皆さん、できることを考えてみませんか？」

それで話が終わった。僕も悠里も投了だ。用意した案全て、全く役に立たなかった。

そこからは早かった。体育祭の翌日にステージものだけの文化祭を開催する方向で調整を掛けることになった。出演クラスも可能なクラスのみにした短縮版。出来ないをできるようにすることが大事だと思っていた。違った。出来ることをすることが大事で、そして焦点を、ゴールがずれていないことが大前提だったんだ。

「中原さん、どうして最後まで黙っていたんですか？　多分ですけど、もっと前、何なら僕らの文化祭の日ぐらいにはこの辺のことまで整理できていたんじゃないですか？」

僕は中原さんと二人になったときに聞いた。

「意見がぶつかることも必要な青春なんですよ。ほら、私留年しているって言いましたよね。多少は皆さんよりも人生経験ありますから」

そう少年のように笑った中原さん、あんた本当に格好いいよ。

本当のヒーローは明確なヒーローの姿をしていないのかもしれない。

第二十話　手を伸ばしたら届くものと手を伸ばしたら届かなくなるものがある。

「ということがあって、中原さんがまとめてくれたよ」

少し落ち着いた後、僕と凜音との帰り道。凜音と帰るのは久しぶりだ。しばらくは生徒会で忙しかったし、凜音も予定があるとかで嚙み合わないことが続いたりしたから。そんなやっと会えた帰り道に先日あった中原さんが言ったあの話、文化祭の話をした。

「さすが元生徒会長の中原さん、俯瞰して見ていたんだね」

凛音がサラッと言った。初耳だ。

「生徒会長やっていたことあったんだ。中学校でってこと？」

確かに納得できる。と、思ったら予想外の回答だった。

「高校の生徒会長だよ。留年しているって聞いたでしょ。去年高校二年で生徒会長していて、後半に何かあって休学してたから再度高校二年で副会長しているの」

どんどん中原さんの詳細が明らかになっていく。今度中原さんに履歴書を書いてもらおう。

「なるほど、作業が早くて正確なのも納得だわ。お詳しいな、凛音」

強くてニューゲームだったのね、中原さん。

「未夢さんに聞いたのだよ、なんであんな方が副会長しているのか気になってね」

あんな人？　そういえばピアノのコンクールで名前見たことあったとか言っていたな。

「ピアノのコンクールにも出ていたんだっけ」

「そうそう、その世界ではかなり有名人なんだよ。人のことは言えないけど」

「さすが凛音さん、自慢の彼女ですよ」

えっへんという様子で自慢げに見てくる彼女を撫でながら言った。そして凛音は続けた。

「でもさ、良い勉強になったよ。今回。私も解決したと聞いた時、劇的な、魔法のような、解決があるかと思って考えていたけど、前提が狂っていたことは断然頭から抜け落ちていた」

　凜音も考えてくれていたんだな、と思い少し嬉しくなりながら、個人的にも勉強になったなと思う。

「そうだよな、前提から見直して考えていたつもりだけど、問題点からずれていたとはあまり考えてなかったよ」

「中原さんは渦中じゃなかったから、と言うのもあったんだろうね」

「渦中？」

「ゆづ君も、恐らく悠里君も未夢ちゃんを助けたいという思いが第一優先だった。その未夢ちゃんの願いは文化祭を実現したいという願い。だけど、中原さんは別のものを第一優先にしていた。だから気付かなかった」

「なるほどね、文化祭を考えていた人と未夢の悩みを考えていた人の違いか」

「そうだよ。だけどゆづ君は未夢ちゃんの悩みだけを考えて欲しくなかったかな」

　そういうと凜音は僕の腕に強くしがみつく。いつもより、少し強めに。

「たまたま未夢の悩みだっただけで、そこが悠里だったとしても、百パーセントで向かっていたと思うよ」

「知っているよ、そんな他人の人生に向き合えるゆづ君だから、私はそばにいるのだから」

ありのままを受け止めてくれる凛音。逆に僕は凛音を受け止められているのだろうか。そんなことをふと思う。彼女の全力に僕は負けずに向き合えているのだろうか、勝ち負けじゃないいんだけどな。

「僕はこれまで物事の解決策ってさ、勝利条件を充足する、敗北条件を抹消する、の二点だと思っていた。だから勝利条件を明確にして、その疎外要素をつぶしていく。一方で敗北条件を明確にして除外していく、ということを繰り返し考えてきた」

「ゆづ君らしいね」

「だから、勝利条件、敗北条件の要素を明確にするということを繰り返し考えてきて、ある程度自信があるレベルまでもってきたと思っていたんだよな」

小さくため息をついてから話を続ける。

「でも、今回はちょっと自信を無くしたかもな」

「ゆづ君は何も間違ってなくて、一つ忘れているだけだと思うのだよ」

「一つ?」

凛音が続ける。

「誰を救いたいか、だよ。未夢ちゃんか、未夢ちゃんの高校の生徒なのか。今回は未夢ちゃんを救うことを考えていたけど、本当は未夢ちゃんの高校の生徒を救っても未夢ちゃんを救うことができた。多分、こんな簡単なことだったんだ。これだけでゆづ君はさらに強くなる、もう無敵なのだよ」

そう言って凜音が笑った。凜音もまた他人の人生に向き合っているんだな。


あれから体育祭も終わり、未夢の学校では小規模な文化祭、体育祭も開催され僕たち生徒会のメインイベントは終わった。未夢の文化祭はクラス上演だけで僕らのセッションも無い小規模なもの。だけどアンケートでは概ね好評だったようだ。

あとは終わりに向けて進んでいくだけだ。生徒会も二年生も。そして受験生の肩書をもって、戦いに出ることになる。だから、もう少しだけ、もう少しだけこの楽しい時間を過ごさせてください。もし時間を止めることができるのであれば、何かをやり遂げた瞬間や好きな人とそばにいるときではなく、こんな日常の何気ない瞬間で止めたいな、封じ込めたいなとふと思った。


「明日ちょっと学校をお休みする。ゆづ君はサボっちゃだめだよ」

ある日の帰り道、家の前に着き、凜音がそう言った。

「そうなんだ、わかった、また連絡するよ」

僕は手を振る。

「絶対だよ」
そうウインクをする彼女。ありきたりな言葉だけど、なぜだか僕の心にトゲのように残り続けた。

第二十一話　誰かのせいではなく誰かのために。

二学期の終業式を迎えた。振り返ればこの一年、僕らは何かに追われてきた。走ってきた結果、こんなに早く一年が終わるとは思っていなかった。悠里は生徒会長になるという目標を達成し、やり遂げようとしている。凛音とは幼馴染からもう一つ段階が上がった関係になった。未夢とは出会って半年以上が過ぎ、お互いの距離も縮まった。中原さんは相変わらず謎な人だ。人並みな人生だけど、この一年だけは多少、劇的だったかなって。そう少しだけ感じた。

だけど、劇的なことはまだ用意されていた。

終業式が終わった教室は冬休みの予定を話したり冬季講習の話をしたりしている。そんな友人にちょっと焦りを覚えつつ。通知表もまぁ、異議申し立てするレベルではなかったので早々に片付けて図書室に寄って帰ろうかな、と荷物をまとめる。

「おーい結月、お疲れ様」

後ろから声をかけられ、振り向くと豪速球のおしるこが飛んできていた。咄嗟《とっさ》に鞄でガードして叩き落とす。あぶねぇよ。

「おいおい、人の好意はちゃんと受け取れよ」

「好意を豪速球に乗せるなよ」

僕は缶を拾い上げながら言った。

「来年もよろしくな、結月」

「こっちも頼りにしているぜ、悠里」

そう言ってすれ違いざまにハイタッチをして少し早い年末の挨拶をして別れた。


図書室のドアに手を掛けると珍しいペアの声が聞こえて手が止まった。この声は凛音と未夢だ。

「……凛音さん、結果はどうでした？」

「んー、結局変わらずだったよ」

なんだろ。通知表の話でもしていんのかな？　とりあえず入るか。ドアにかけていた手に力を込める。

「おつかれー」

その声になぜか二人の顔が固まった。

「聞いていました？」

未夢が怖い目で聞いてきた。そんな目できるのね、君。

「最後の部分だけ聞こえていたよ、通知表の話でもしていたのか？」

「そんな感じです」

未夢がそう言った。

「盗み聞きとは趣味がよくないよ」

凛音が言った。

「ドア開ける時に聞こえただけだよ」

そう言って席に座ろうとする。すると逆に未夢は立ち上がって言った。

「すいません、来たところなのに出て行くことになって。私この後予定あるので、本だけ借りて帰りますね」

机の上の十冊近い小説を抱えてカウンターに行こうとした。

「相変わらず青春小説ばっかだな」

「わたしは読みたいものしか絶対に読まないのです。人生の読書量は決まっているのです。他のものを読む時間なんて無いのです」

そういえば冬休みの長期貸出始まっているんだな。

「お前が一番図書室の相互利用の恩恵受けているな」

「ええ、提案してくれてありがとうございます、それではごきげんよう、おふたり様、仲良くしてくださいね。ゆう君、ちゃんと凛音さん理解してあげてくださいね」

そう言うとこちらの発言を待たずしてカウンターに向かっていった。

「凛音、話の邪魔をしちゃったか？」

「ううん、大体の話は終わっていたので大丈夫だよ」

「なら良いんだけど」

そう言うとしばらく無言の時間が続く。何だろう、この無音。今までだって二人でいて無言になる時はあった。ただ、その無言は心地よい無言であって、こんな何かを発したら壊れそうな、ガラス細工のような無言ではなかった。何かが違う気がする。

「どうしたの？　怖い顔して」

凛音がいつもの笑顔を投げかけてきた。

「いや、なんだか空気が違う気がして」

「そうかな？　気のせいだよ。私はいつも通りゆづ君の彼女をしていて、いつも通りこれから一緒に帰って、途中で寄り道なんかして、そして家の前で次会う約束をする。これは不変で普遍な私たちの日常なのだよ」

　そう言って、いつも通りの空気に戻した。

「考えすぎていたみたいだ。僕もちょっと冬休みの長期貸出の本集めてくるよ。凛音も借りるんだろ？」

「私は今回借りないよ」

「図書室の恋愛小説でも読み切ったか？」

「そういう訳ではないんだよ、さぁ、本を集めてくるのだ、終わったら一緒に帰ろうよ」

　そう言って背中を押し出される。とは言っても僕はタイトルすら見ずに適当な本を取るからそんなに時間が掛からずに終わる。そして僕は通知表と、膨大な本と、凛音を手に取って図書室を出た。

　帰り道、いつも通りの速度でいつも通りの会話でいつも通りの時間が流れていく。平和の定義は戦争をしていない状態とかいうけど、平和ってそんな物騒なものではなくこういう日常そのものなんだろうな。

「ねぇ、ゆづ君。今日の夜時間あるかな？」

「あぁ、大丈夫だよ。電話かな？」

「ううん、ちょっと会いたいのだよ」

「今会っているのに？」

「そんなことを彼女に向かって言ったらダメなのだよ。減点なのだよ」

「それは失礼」

「じゃあ八時にいつもの公園で待っているよ」

そう言って手を振り家に向かう彼女。僕も手を振り自分の家に向かう。通知表と本だけになった荷物はなぜか重くなったように感じた。さぁ、八時までにできることを考えよう。多分だけど、僕の憶測は合っているだろうから。


そして時刻は夜の七時半。少し早いがそろそろ家を出る。帰ってから借りた本を何冊かザッピングしながらこれまでの思い出を整理していた。借りた本のうち数冊は失敗したものもあったけど楽しめそうなものもあり、ごちゃまぜな人生のような本の山だった。多分、今日読んだ本は一生忘れられないだろう。この後起こる出来事を予想しながら道を歩く。この先の道が公園に続かなければいいのに。だとしたら真実に到達することはないから。

そんな無駄思考をしながら夜道を歩く。街灯は路面を照らすものの、その光は隣の街灯まで届く事なく、ひとりぼっちの街灯がひとりぼっちのスポットライトを作りその道が続いている。残念ながら道は公園に通じており到着した。薄暗い公園の中、凛音はブランコに座っていた。

「早かったな」

僕は言った。道中で買ったホットミルクティーを凛音の膝の上に置いて隣のブランコに座った。僕は缶コーヒーをポケットに入れて暖をとる。ブランコが少し揺れてキィキィと鳴いた。

「もう来ちゃったんだね」

凛音は悲しそうに言った。そうして、小さくお礼を言ってミルクティーを両手で抱えて暖を取る。

「スーパー彼氏が来たんだよ、そんな悲しい顔すんなよ」

そうふざけて言った。ふざけないと空気が持たない気がしたから。空気がなのか、自分の精神がなのか、凛音の気持ちなのかは分からないし全部かもしれない。

「真面目な話をしようとする時にふざけるの、悪い癖なのだよ。向き合わないといけない時もあるのだよ。ずっと一緒に過ごしてきたゆづ君ならもう何もかもわかって三手先まで考え尽くしているはずなのだから」

お互いわかってるんだよ、凛音。幼馴染なんだろ、スーパーが付く程の。野暮なやりとりはやめようよ。そう心で呟く。その呟きすらも多分、凛音には通じているんだろ。僕が三手先を読んでもそれを読んでいることを読んでいるんだもんな、凛音。

「あのね、ゆづ君。私は今から大事な話をします」

そして凛音はゆっくり深呼吸をして覚悟を決めた目をした。

「私はあなたと幼馴染で本当に幸せでした。子供の頃の私を知ってくれてて、私にピアノという生きる目標と、あなたという生きる意味を与えてくれた」

やめてくれ、一撃で終わる話なのに思い出話というオーバーキルの要素をつけないでくれ。

「小学校や中学校では好きな人がいる、と言うだけで毎日が幸せだった。お花畑だった。そしてそれがゆづ君で本当に幸せでした」

街灯に虫がぶつかった音がする。その音が聞こえるぐらい、この空間はしんとしている。

「高校受験ではゆづ君が神中高校に行くと言ったから私も頑張って努力して入学した。そういう意味でも私の目標でもあるし、その根源でもあったんだよ」

言葉が少しずつ詰まりだす。言葉と気持ちを飲み込む。まだ、まだ、大丈夫なはずだ。

「同じクラスになった時は跳ね上がるほど嬉しかった。席替えで席が近くなると心臓が飛び出るぐらい嬉しかった。クラスのみんなと話していて他人の口からゆづ君の話が出るだけでちょっと嫉妬したりもした」

「登校が一緒になるだけで、挨拶するだけで、話しかけるだけで幸せだった。話しかけられたり、何かをしてもらえたりすると心臓のＢＰＭが上がって、私の心のメトロノームが乱れる感じすらしたんだよ」

僕は気持ちを落ち着ける。二人して気持ちが崩れてはだめなんだ。だからせめて僕だけでもしっかりしていないといけないんだ。

「多分これが愛とか恋とか言うものだろうけど、私はそんな言葉で定義できるものじゃないと思った。このまま時を止めたかった。ずっとこのまま封じ込めたかったぐらい」

凜音の言葉が少し止まった。凜音の手が震えている。呼吸も震えて感じる。

「小学校の時に出会ってから未夢ちゃんにはずっとゆづ君の話をしてた。自慢だったから。私にはこんなに素敵な幼馴染で初恋の相手がいるって。次第に彼女もゆづ君を憧れるようになっていった気がした。私はそれが嬉しかった。だけど、会ってみたいというようになった。生徒会に入ってゆづ君に近づきそうになったとき、それが許せなかった、私は心の狭い人間だった。だから私は、あなたを私だけのものにしたくなった。そして、告白した。それでも、ゆづ君はちゃんと受け止めてくれた。幸せだった。世界で一番。宇宙で一番。人生で一番」

小さく息を吸う音がした。覚悟の音だ。

「だけど私の中で、感情が許せなかった。その思いがずっと、ずっと引っ掛かっていた。未夢ちゃんと、未夢ちゃんと戦って勝たなかったことに。その自分に」

一段ずつ階段を上るように言葉を積み上げた凜音。多分、もう最上段まで上がってきた。

「だから、だから、」

最後の一呼吸が聞こえた。

「私は、君と別れることを決めたから」

そう、決定事項を告げられた。

第二十二話　君がいた世界はとても色付いていた。

「君と付き合うことを決めたから」で始まったこの恋愛は「君と別れることを決めたから」の言葉で終わりを告げた。

「なぁ、凜音」

「なあに、ゆづ君。残念だけどこの決定事項は覆《くつがえ》らないよ。全て私の問題なのだから」

「僕はさ、凜音が思っている以上に凜音のことを大事に思っているんだよ。発表会でピアノを演奏する姿に心を奪われてから、僕のほうこそ君が憧れの人だったよ。だから凜音に見合う人間になろうと、凜音が他人のことを考えられる人が好きだと昔言ったことを馬鹿正直に、他人の人生に向き合って生きてきた。だからどんな形であっても告白されたときはこの先の人生何があるかわからないけどこれだけは言える、人生で一番嬉しかった。君が先に僕を好きになったと思っているかもしれないけど、僕のほうが先だったかもしれない」

凜音の呼吸が止まるのを感じる。僕も過去を振り返る。

「凜音が幼稚園の時、将来の夢は僕のお嫁さんと言った時、恥ずかしかったけど、それ以上に気持ちが通った喜びを知ったんだよ。僕の初恋は、間違いなく君だ」

僕は続ける。

「周りにからかわれても僕は誇らしかったし、僕は早く凜音に見合う人間になって、気持ちに応えよう、気持ちを伝えようと戦ってきた。そうしてできたのが今のこの僕だ。凜音でできあがった今の自分を誇らしく思っている」

小さく息を吸う。大丈夫、まだ嗚咽《おえつ》は上がってきていない。

「凜音の彼氏だった僕の人生は鮮やかだった。クラスで目が合うだけで、帰り道一緒になるだけで、図書室で会うだけで。別にこれまでもあったことだけど、この一年は今までと同じことですら彩《いろど》られていた。人並みな人生は自分の人生を卑下してるのじゃなくて、他人の人生を彩るための覚悟だった。それが報われた少なくともこの一年は人並みじゃない、誰にも自慢できる誰にも負けない最高の人生だった。僕は僕の人生の主役になれたんだ。それは凛音のお陰だ」

自分の手が震えているのを感じる。頭の中でプロットは組みあがっている。公園に着くまでずっと頭の中で整理してきたはずだ。おかげでギリギリのところで頭が真っ白にならずに言葉を紡ぐことができている。自分の手が震えているのか、自分の視界が震えているのか、凛音の体が震えているのか。神様、もう少しだけうまく話すだけの力をください。最後のゴールテープは自分で切らせてください。

「凛音に別れ話を伝えられて見苦しくなるほど騒ぎたい気持ちもあるし、それぐらい苦しい。だってそれぐらいの感情をもって接してきたのだから。だけど、それ以上に凛音の覚悟も伝わっているし、凛音の信念の強さは誰よりも知っている。だから、だから僕は」

「凛音の決心を今は受け入れる」

何とか言い切れた。用意していた言葉の千分の一も言えなかったのが自分らしいや。どんどん心拍数が上がっている。僕も覚悟を決める。凜音の覚悟に負けられない。だけど、僕も素直になれない。

無音の空間が夜の公園を包む。遠くに犬を散歩している人が見える。世界は何も変わらずに回っているんだ。だからここで僕の人生を終わらせるわけにはいかないんだ。前に進んでいかないといけない。

立ち上がる。ブランコから手を離すと空いた手に凜音の手が収まった。

「ゆづ君、どうしてもっと説明してとか、自分勝手だとか、私を怒ってくれないの。私を悪者にして一生私に後悔させてほしいんだよ」

凜音が心にもないことを言っている。だから僕は何も言わない。すると凜音が続けた。

「……物わかりが良すぎるよ。なんでそんなに優しいんだよ」

手の力が強くなる。凜音の涙が落ちてくる。僕は言葉を紡ぎだすことにした。

「凜音の覚悟に向き合っているんだ。ただ」

「ただ?」

凜音が繰り返した。

「ただ、悪いけど」

覚悟が決まった。

「僕は君を嫌いになることなんてできない」

僕の戦いはここから始まるのだ。

そう言って、僕は立ち上がり、凛音の手を引き上げた。

「ゆづ君、多分その道は、茨の道なのだよ」

「道があるだけで十分だよ。茨の道でもステップ踏んでやるよ」

僕はそう返した。多分、その茨の道はゴールに通じているはずだ。だから僕は覚悟を完了させたんだ。

「なぁ、凛音、僕にできることはある？」

「今まで通りのゆづ君でいたらいいと思うよ。ほかの人の人生に一生懸命な。そうだね、その相手が私の大好きな未夢ちゃんの人生なら嬉しいかもね。さぁ、これで私たちの人生は分かれ道なんだよ。ゆづ君は未夢ちゃんと元気に過ごすんだよ。それじゃあね」

凛音の最後の言葉を受け取る。これ以上長引いたらダメな気がする。無理やりにでも幕を引かなければならない。

考えろ。これからどうしていくか。僕にはそれしかできないし、それしかやってこなかっただろ。「どうして」じゃない、「どうする」かだ。嘆《なげ》くんじゃない、考えるんだ。

第二十三話　わかってくれ、わからせてくれ。

年末年始を駆け抜けると冬休みも終わる。僕は凛音と別れいつもと少しだけ違う日常を過ごし、その日常を取り戻すために何をすべきかを考えていた。冬休みは一度も凛音に会えず、連絡も取らなかった。心の整理がつかなかったのあるし、最初の一手でミスなんてしたくなかったから。

そして始業式を迎える。一人で登校すること自体は付き合っていた頃もたまにあったものの、その登校ともまた雰囲気が違って感じるな、とセンチメンタルな感情を片手に歩いていた。

「おー、結月じゃねーか、アケオメ　コトヨロ　ゴシゴベ」

悠里だ。最後のなんだよ、ご指導ご鞭撻《べんたつ》のほどか。

「あけおめー、生徒会ももう終わりだな」

「そうだな、最後は生徒会選挙のとりまとめで終わり。そして受験生なんだよな」

悠里は少し寂しそうに言った。

「お前さんは推薦とれるんじゃないの？」

「だといいんだけどなー。生徒会せっかく入ったんだしそれぐらいメリット欲しいってのは思ったり思わなかったり」

そんな受験生っぽい話をしながら道を歩く。

「そうだ、先に伝えておくよ。年末に凛音と別れたんだ」

「ハハハ、新年早々ご冗談を。世界が砕けてもそんなことないだろ」

「それが本当なんだよな」

世界が止まった。砕けはしなかったけど。

「なんだ結月、お前日本の法律全部破ったのか？　そうでもしない限りそうならないだろ」

滅茶苦茶冷たい目で見られた。

「そこまでじゃないにしても、人には色々あるんだよ」

「なるほどねぇ」

それでその会話は終わる。ここで終わるのが悠里なりの優しさだろう。人に応じて距離感を調整できるのは本当に尊敬する。


クラスに入り席に着く。程なくして担任が入ってくる。そして連絡事項の一つとして告げられたのが、凛音の転校の話だった。

一か月先でも二か月先でも三か月先でもない、凛音はもう転校した、という話だった。僕は平静を保ちつつ、何とか途切れずにいる思考で考える。凛音は転校するから別れを選んだ？　いや、そうじゃないはずだ。だとしたらなんでその話をしてくれなかったんだ。冬休み中に荷物を片付けたのか、がらんどうになっている凛音の机をチラ見する。そこには彼女の残り香すらなく、あるのは無機質な机だけだった。

始業式はサクッと終わった。今日は生徒会活動もないので図書室で本を返却して帰ろうかと思ったところで悠里が近づいてきた。

「にーちゃん今日この後暇？」

話しかけ方、他にもあるだろ。

「図書室に本の返却をして本を借りるという作業があるかな」

僕は荷物をまとめながら答えた。

「じゃあその後買い物付き合ってくれ。近所のザクレロ似の店主がしているあんみつ屋の裏メニュー、トマトプリンのヨーグルトソース添えのピザがおいしいんだ」

「すまん、情報量が多いわ。とりあえず先に図書室行くから、待ってろ」

「おー、俺も行くよ」

声を掛けてくれたのも、誘ってくれたのも多分悠里なりに気遣いをしてくれてんのかな、と、思いながらまずは図書室に向かう。

図書室に行く途中に悠里は色々な人に声を掛けられていた。生徒会長だからというよりも色々な人に話しかけることを諦めずに続けてきた結果なんだろう。すごい財産になるんだろうな、これ。あとからじゃ絶対手に入らない。そういう意味で二度とこない青春を完全に成功させている。

「ちょい職員室に用事があんだわ。三分で終わらすから一緒に来てくれ」

「あいよ」

そうして職員室に寄り道する。悠里はそのまま学年主任の先生のところへ直行した。

「お疲れ様です、伊坂っす。昨年頼まれた文化祭の統計と前年比較の資料をやっときました」

「冬休みにごめんね、こっちでしたらいいんだけどパソコン苦手なのもあって」

「いえいえ、詳細な数値とか予測資料は生徒会が握っちゃっていたので」

僕は一歩下がってその会話が終わるのを待っている。

「そういえば先生、水無瀬さんってそんな急に転校したんですか？」

僕は平静を装いながら零れる会話を聞いた。

「あー、いやー、まぁあれだ、年末にはわかっていたんだけどな。本人の強い希望でこのタイミングでの連絡だったんだよ。お前も仲良かっただろうし驚いたとは思うが……」

「訳あり、っぽいですね」

「まぁ、本人の希望もあるし、家庭の事情もある話だからな、そんな感じだ」

「ありがとうございます、とりあえず私の冬休みの宿題はこれで終わりということで」

「はい、ありがとうな」

そうして僕らは職員室を出た。

「俺ができるのはこれぐらいだけどさ、迷惑だったらごめんな」

「いや、ありがとう。お前にしかできないことだから嬉しいよ」

悠里の気持ちに痛いほどの感謝を捧げ、僕らは図書室に向かう。

図書室を開けると未夢がいた。お前かなりの確率でこっちの高校いるけど、始業式はどうした。

「終業式も始業式もうちの学校早いんですよ。校長が話し下手で話が短いですので」

聞かなくても説明してくれた。便利。

「休み前に長期貸出にしていたもんな、今日はその返却か？」

悠里が言った。

「はい、そして何冊か借りて帰ろうかな、って」

「ちなみにその後予定はあるか？　結月とちょっとあんみつ屋にピザ食いに出るんだが」

「魅力的なお誘いですが、あいにく先約がありますので。是非とも次回お願いします」

そう楽しそうに話す二人を後目《しりめ》に本を返却して借りる本の選定に向かう。といってもいつもどおり適当な本を取るだけ。三冊ほど確保できたのでそのままカウンターに向かう。

ほぼ同時タイミングで未夢が来た。未夢の持っている本を見る。青春小説に紛《まぎ》れて恋愛小説っぽいのが混ざってる。珍しく恋愛小説なんかも借りるのな、凛音みたいだ。

「ゆう君、思った以上に平気な顔していますね。人間の心持っているんですか？」

「何の話だ」

僕は知らないふりして聞いた。

「凛音さんのことですよ、わかっていて聞くのは失礼ですよ」

「わかっていてじゃねーよ、なんで知ってんだよ」

「え、あぁ、悠里くんから聞いていたんです」

「あいつ……」

センシティブな話なのになんでそう話すかね。

「あ、悠里は悪くないと思うので、何か思いがあるはずなので問い詰めないでください」

「大丈夫だよ、そんなことしねーよ」

本の貸出処理の音が二人の間を流れる。

「私は、いつでも待っていますからね。私はゆう君を悲しませたりなんてしませんよ」

「今はそんなことは求めてねーんだよ。そして誰も悲しませようとして悲しませたりなんてしてないんだよ」

そう言って僕は貸し出し手続きの終わった本を受け取り、後ろの机で鞄に本を入れる。

後ろから来た未夢にその手を掴まれた。

「ゆう君はまだ諦めてないんですか？　凜音さんの覚悟を無下にするんですか？　私に何かできますか？　私じゃ、ダメなんですか？」

「僕はやるべきことが、まだ残っている」

「器量もよくて、こんなお得な物件ありませんよ」

「かもな」

そう言って腕を振り払って図書室を後にする。今日は考えることが多すぎるんだ。追加の課題を投入してくんなっての。

今は考えないといけない事しか考える余裕がねーんだよ。

第二十四話
この先のことなんてわからないけど、今この瞬間はわかるのだから。

悠里に連れて行ってもらったあんみつ屋の裏メニューのピザは確かにおいしい。が、それよりも店主がザクレロに仄《ほの》かに似ていたのが心を打たれた。

「けどまぁ、転校までしているとは驚いたな」

悠里がピザを食べながら僕に言った。

「そうなんだよな、何か理由があって転校したのか、転校するからこうなったのか。なんにしても連絡ルートを模索しないと」

「多分、その問題はすぐに解決すると思うよ」

「何か知っているのか？」

「いいや、俺だけが知っている情報はないよ。別れたことすら今朝知ったのに。ただ、俺が気付いたことはお前も気付いているはずだよ」

そういうと付け合わせのポテトを摘まむ。そうして続けた。

「答えなんて案外近くにあるものかもな」

その後二人で本屋に行って参考書を買う。問題を解決してもしなくても僕らはもうすぐ受験生になる。そうやって目の前の課題から目を逸らそうとしてしまう。ダメだ。悪い癖だ。

悠里とは解散となったが、微妙な時間だったので、よく凛音と行った喫茶店に向かう。何かしら凛音のことを聞いているかもしれないし。

「いらっしゃい、って結月君か。久しぶりだね。今日は一人かい」

「ええ、これからしばらく一人ですよ」

「……どうやら訳ありのようだね」

そこから経緯を簡単に話した。カウンターで今日は珍しく普通のコーヒーを出してもらえた。だけどコーヒーカップの横にはミルクと明らかに塩が置いてあった。今はそんな気分じゃないし気にしないでおこう。

「あれから凛音が一人で来たりしていませんか？」

「結月くん、バーテンダーはほかのお客さんの話をしないんだよ。理由はわかるかい？」

「いえ。本人がいないところで話をするのは失礼だからですか？」

「まぁ、正解かな。その話を聞いたお客さんは、自分も同じようにいないところで話されていると思うからだよ。それがもしネガティブな話なら尚更ね」

「なるほどですね、納得の理由ですね。だから凛音の事は知っていたとしても答えられないということですね」

「すまないね、ただ相談に乗って、アドバイスすることはできるよ」

そう言うと、マスターはニッカリと笑った。僕はその笑顔に安心して事の顚末《てんまつ》を話した。

マスターは笑顔のまましっかりと聞いてくれた。


「マスターはどう思います。どうすべきだと思います？」

「もし私が凜音さんのことは諦めるべき。次の人を探そう、とか言っても諦めないだろ。だから結月君、君はどうすべきは求めてないいんじゃないのかな」

痛いところをついてくる。だから相談したんだけどさ。

「それでもその質問に回答するのであればね、個人的な見解で、正解じゃないかもしれないけどさ、彼女は探して、助けてほしいんじゃないのかな」

「助けてほしい？」

「ヒーローっていつも崇《あが》められるよね。だけど、助けたヒーローよりも、助けて、と言えた人のほうが本当はすごいんだよ。世の中を見てごらん。それが言えなくて心が折れていく人がどれだけいることか。賞賛されるべきはヒーローじゃない、助けてと声を上げる人なんだ」

「なんとなくわかりますね」

僕は手元のコーヒーに口を付ける。

「助けてと言わなかった人を責める人も多いけど、それは間違えている。彼女は彼女なりの助けてを君に伝えたんじゃないかな。凛音さんが助けを求めていると感じるのだとしたら、助けてあげるといい。その方法を考え抜くといい。困ったらここに来てもいいからね。さあ、そろそろ閉店の時間だよ」

そう言ってマスターは僕を追い出しにかかる。僕は悠里やマスターの言葉を思い出しながら帰路に着く。各々が各々にしかできない方法で僕にアドバイスをくれた。

部屋に戻り今日借りた本を机に並べる。こんな時に限って凛音が借りそうな恋愛小説が含まれていた。まあいいやと目を通しながらこれからどうしていくかを考える。電話なりメールなりをするにしても、今したところで何も変わらない。意味がない。だから持っているピースで答えを、真実に近づかないといけないのだ。

僕は凛音の手を引き上げたい。助けたい。考えて、持っているピースを組み合わせていかないと。今回の勝利条件は何なんだ。まだ、諦めるには、早すぎる、はず、なのだ。

第二十五話　それでも朝日は昇り、夕日は沈む。

星に願いをかけたところで何をしても朝は来る。太陽は昇る。なんで人は星に願いをかけるのかね。人間塞《ふさ》ぎ込んで考え込んで助けを求めるような状態で上を見る気力なんてないだろうに。

今日から通常授業が始まる。それ以外で考えることが多いのに考えなきゃいけないことが増えるではないか、と思いながらも、そういう日常のお陰で二十四時間フル稼働、悩み続けなく済んで助かっていたりもする。ものは考えよう、ということで。

荷物を確認して家を出る。登校中にいつも凛音が合流して待ってくれていた場所を通り過ぎる。いるわけないのに目で追ってしまう自分が情けなくて格好悪くて笑いそうになる。なに平然と過ごしている振りしているんだよ、確実に心にダメージ受けているじゃねーか。なんだよ、この町凛音との思い出だらけだから常に毒の沼歩いてるようなもんだ。回復ポイントぐらいどこかに置いておいてくれよ。

グダついているうちに学校へ到着し、クラスに入って席に着く。クラスメイトにも僕と凛音の噂は広がっているのか腫物《はれもの》を触るような空気を感じるが、そのあたりは悠里がうまく場の空気をコントロールしてくれている。ホント、持つべきものは友達だな、と当たり前でありきたりなことを思う。

「あれから状況変わった?」

昼休み、悠里が話しかけてきた。話しかけながら例の如くおしるこを差し入れに持ってきた。この学校だけおしるこの売り上げ狂っている気がする。ついにこの学校の自動販売機もツーフェイス展開が始まった。今年の冬はおしるこが熱い。ホットおしるこだ。

「いんや、状況変わらないよ。転校の件、親も知らなかったみたいだし」

なんともという感じで答えた。

「あとは誰かと相談した? 電話でも相談できる相手いるだろ」

「あー、マスターには相談したよ。行きつけの喫茶店の」

特に目立った情報はなかったけどさ、と付け加えながら言った。すると悠里がため息交じりに言った。

「昨日もあんみつ屋で言ったけど、案外近くに答えがあるのかもしれないぜ。まだ聞くべき人残っているだろ?」

悠里は筆箱からシャーペンを取り出して手遊びをしながら僕と会話を続けた。

「あぁ未夢とかか? そういえばお前あいつにこの一件すでに話したらしいな」

図書室で絡まれた話を思い出して悠里に言った。

「え？　話してねーよ。こんな話勝手にしないし、したら未夢のことだ、凛音ちゃんのこと考えないといけないお前にアプローチして面倒な問題が増えるの目に見えてるからな」

悠里が予想しないことを返してきた。どういうことだ？　悠里が嘘をついている？　何のために？

「あれ？　そうなのか。昨日図書室でお前から聞いたといわれたんだけど」

「なるほどな、じゃあ確定だな」

一人一足飛びで悠里は解決していた。

「何がだよ」

ホント頭の回転が速い奴は説明が不足するから困る。

悠里はシャーペンをくるくる回して最後に僕に向けてドヤ顔で言った。

「凛音ちゃんは未夢に相談している。この問題の鍵はあいつだ」


鍵があってもそれをどう使うかにかかっている。鍵を使ってバール代わりにドアを開けようとしたら鍵が折れるだけだ。正しい鍵穴に正しい力で、正しい手順でまわすことで初めて意味をなす。だから、未夢に何を、どう確認するか、それがポイントになる。

そのあたりをぼんやりと考えながら授業をこなし、放課後生徒会室に集まる。

もうすぐ生徒会選挙。今までの業務をまとめて次の生徒会がスムーズに立ち上がれるように残せるものは残して捨てるものは捨てる。ほぼ大掃除状態だ。なまじ他校との連携など新しいものも多く始めてしまったために手順書なども作っておかないと後輩たちに一生恨まれかねない。恨まれるだけならまだしも受験生になってからも呼び出されたらたまったもんじゃないので悠里と分担して進めている。ただ、計画立てたのが後回しすぎてかなり作業があふれそうな状況ではある。


「そんな時のヘルプが来ましたよ」

僕と悠里がドアのほうを見る。案の定。未夢がやってきた。もう驚かない。

「お前どこでうちの高校の業務量把握してんだよ」

悠里が言った。そのセリフを謎の笑みで受け流し、何食わぬ顔で僕の横の書類を奪っていく。そしてしばらくキーを叩く音が続く。文化祭の時からヘルプをし続けた未夢だ。作業を把握しているだけではなく、彼女専用の椅子もブランケットもコーヒーカップもある。どこの生徒会長なのか怪しいぐらいだ。

だけど来てくれてちょうどよかった。僕のほうの準備が追い付いていない。この未夢という鍵をどのような方法でドアに差し込みまわすのか。その手順が準備できていない。かといって明日、来週なんて後回しなんてしていられない。だったらもう見切り発車でもいいか、と甘えて切り出した。

「なぁ、未夢」

僕はディスプレイを見ながら未夢に話しかけた。

「何ですか、ゆう君」

「僕に黙っていることとないか？」

一瞬、キーを叩く音が乱れたがすぐにリズムが戻る。視界を確認する、未夢もディスプレイを見つめていた。

「そりゃあ女の子ですから秘密の一つや二つはありますよ。もっと仲良くなって私とのフラグを立ててくれたら教えますよ」

「無理にふざけなくていいよ」

僕は言った。今はそんな余裕ないんだよ。

「真面目に話してほしいのなら、真面目に聞いてくださいね。人の目も見ないで話すような話ではないと思いますよ」

心の余裕のなさが出てしまっていた。相変わらず小さな人間だ。僕は視線を未夢に向けた。

「そうだな、すまない。考えることに追われすぎていた。すまなかった」

「わかればいいんです。わかれば。とりあえず今は仕事を終わらせましょう」

そうしてキーを叩く音がスピードアップする。僕はその音を聞きながら今後の展開を考える。大丈夫、僕の人生は人並みで平凡なはずなのだ、だから乗り越えられない障害はないのだ。

「私だって考えることあるんですからね」

小さく彼女が呟いたのを僕は聞こえない振りをした。


作業は進む、タスクは減らない。時計はぐるぐる回る。僕の目も回ってきた。思ったより生徒会の引継ぎ資料作成の仕事が終わらない。計画の見積もりを作ったのが僕だからかな？　テヘッと心の中で作ったところで状況は変わらない。作らないといけない手順書や出来上がった資料の見直しなどをつづける。キリがいいところまできたと思えばもう二十時を過ぎようとしていた。どうしようかな、もうひと頑張りしたら来週ちょっと楽になるかなーとか逡巡していると悠里の声が聞こえた。

「そろそろ最終退場時間だ、終わり終わり」

まぁ、そうか、外も真っ暗だ。未夢もいるんだしあんまり無茶したらダメだ。頭が回ってないのか視野が狭くなっているな。と思って僕も未夢に声を掛けようとしたら一足先に悠里が切り出していた。

「未夢、結月終わりだ、今日は帰ろう」

「そうだな、未夢も今日はありがとう。もう遅いしこの辺にしよう」

僕も同意した。未夢も無言で頷いて鞄に荷物を入れだした。僕も荷物をまとめながら未夢に言った。

「未夢、聞きたい話の件、今日は遅いからまた明日どこかで時間貰えるか？」

「え？　今日じゃなくていいんですか？　いやまぁ明日でもいいんですけど」

動きが止まってこちらを驚いたように見た。いや、こんな時間だし。というか糸口が見つかったからか疲労が一気にきて今にも眠りそうなのだ。しゃべっている今も結構限界。

「それじゃあまた明日連絡するよ」

それだけ言ってフラフラと僕は一人生徒会室を出る。今日はもう疲れたよ。スマンが悠里、未夢を頼んだ。最近よく寝られてなかったし、鍵も捕まえた安心感からかもうエネルギーが空っぽになった。今日だけはゆっくり寝かせてほしい。僕は半分寝ている頭で帰り道を歩く。後ろからヘッドライトを感じる。だめだ、こんなんじゃ交通事故にあう。ポケットからイヤホンを取り出してスマホからパンクロックを爆音で流し意識を保とうとする。明日頑張るから、今日だけは一人にさせてくれ。明日の僕よ、よろしくお願いします。明日も世界が今日よりちょっとだけ幸せでありますように。そう祈りのように呟いて歩く。

第二十六話　自分は自分が思っている以上に何もできない。

朝日が眩しい。何回目かわからないスヌーズを止めて体を引き起こす。昨日はどうやって帰ったかも怪しい。というか、服装も中途半端に着替えた状態で寝ていたみたいだ。かなりアバンギャルドな格好だ。寝ぐせも相まってこのままショートコント、パリコレが完成しそうだ。とりあえず起きて昨日入りそびれた風呂に入って学校に向かう。こういう日は熱いシャワーを、となんかで読んだ気がしたからやってみたら熱すぎてめっちゃ声出た。このダサさ、さすが僕。

さっぱりして学校に向かう。今日は決戦だ。昼休みに未夢にメールをして今日の放課後図書室で会うことになった。授業もしっかりと受けて、放課後、ちょっとだけ生徒会の作業をしてから図書室に向かう。未夢の学校からこっちに来るまでの時間も有効活用しなきゃね、と。まぁ、僕の見積もりが甘かったのが原因だから何とも言えんのだが。

いい感じのところまで進んだ。今日でこの状況は変わるのかもしれない。凛音の情報を得られるかもしれない。それは絶望かもしれないし、希望かもしれない。廊下の突き当たりの図書室に向かって歩く。そして息を吸いドアに手を掛ける。閲覧室には誰もいないが、見覚えのある鞄が机にあった。あのめちゃくちゃでかい猫のキーホルダーをつけてるやつ、未夢しかいない。先に着いて何かしら本を選んでいるのだろう。こっちも返却本があるので、カウンターに向かう。すると同じタイミングで未夢がカウンターに来た。こちらから声を掛ける。

「おまたせしてごめんね、見込みが悪くちょっと作業のキリが悪かったから」

僕は借りるのであろう本を抱えた未夢に声を掛けた。

「いえいえ、ちょうど本を借りようとしてたのでよかったです」

カウンターにどさっとおいて委員の人とやり取りを始める。そこに見慣れない本を見かけた。

「珍しい本持っているな」

いつもは青春小説ばかりの未夢が恋愛小説も数冊抱えている。そういや年明けも借りていたな、あぁ、そういうことね。

「ええ、ちょっと。さぁ、手続き終わりましたので、奥の談話スペースでも話をしましょうか」

そう言って僕の手を取る未夢。そのままそこに引き込まれた。

談話スペースに入る。図書室では静粛にということなので、会話したい人はここですることとなっている。とは言ってもそこまで利用者のいない図書室なので談話スペースにすら僕らしかいない。

「お話って何ですか？」

未夢が僕の隣に座りながら言った。

「大体わかっているだろ、凛音のことだよ」

僕は小さくため息をつきながら言った。

「凛音さんの何が知りたいんですか？」

「凛音に何があったかを聞きたい」

未夢はそれを聞くとしばらく天井を見上げてから言葉を紡ぎだした。

「私はゆう君のことも大事にしていますが、それと同じぐらい凛音さんのことも大事にしているのです。なので、私は凛音さんの気持ちも優先したいのです」

「……」

僕は黙り込んでしまう。何か知っている、だけど教えられない、ということだろう。


「なんで平然としているんですか」

未夢が強い言葉を投げてきた。僕は言葉を考える。だけど、未夢は続ける。

「どうして行動を起こさずに年が明けて普通に登校して普通に生徒会できるんですか？」

「普通じゃないよ、ずっと考えていたよ」

「なぜ、昨日生徒会のあと話をしてくれなかったのですか？　一日も早く知りたくなかったのですが？　凛音さんの優先度はその程度だったのですか？」

未夢が立て続けに言ってきた。

「昨日は体調が……」

「別に一時間も二時間も会話しなくても一言確認するだけでよかったはずですよね。なんで今日まで私に連絡してこなかったのですか？　電話してくれてもメールででもなんでもよかったんですよ。本気で調べようとしましたか？　自分の中で考えていただけじゃないんですか？　聞きたくなかったんですか？　私と凛音さんの関係知っていますよね、なんで最初になんで聞いてくれなかったんですか？　なんで私を頼ってくれないんですか」

「……なんで凛音さんを助けてくれないんですか……」

最後の声は震えて僕の二の腕にしがみつきながらだった。未夢は続けた。

「ごめんなさい、いじわるするつもりはなかったんです。だけど、ゆう君の顔見ていると我慢できなくなってしまって」

「多分心のどこかではわかっていたんだと思う。未夢に聞けばなにか教えてくれるんだろうって。だけど、未夢の前で格好つけようとしているのかわからないけど、弱い姿を見せたくなかったんだと思う。悪いのは、僕だ」

しばらく無言の時間が流れた。空気が固まっている。液体のようになってまとわりついている。それを破ったのは未夢だった。

「凛音さんの覚悟も私に伝わっています。だから、それをやすやすと裏切るわけにはいかないのです」

「そうだよな」

「だけど私はゆう君のことも大事に思っているのです。いつかは一緒に道を歩いていきたいのです。だから力になりたいですけど、凛音さんのそばにずっといられると私は困るのです。だけどそれが凛音さんの幸せで、力になるのなら私はそうしたいのです」

「よくわからなくなってきたよ」

「自分でもわからないのです。だけど、文化祭の時に教えてもらいました。私の勝利条件と敗北条件を考えたとき、力になるべきはゆう君、あなたなのです」

「未夢の条件は何なんだ？」

「私の勝利条件はずっと変わっていませんよ。ゆう君、あなたのそばにいることなのです。そして敗北条件は凛音さんも、ゆう君も悲しむということなのです。敗北条件を除外するためにはゆう君の力になるつもりなのです。ただ」

「ただ？」

「ゆう君の勝利条件と敗北条件は何なのですか？」

僕はずっと考えていたことを口にした。

「勝利条件は凛音のそばにいることだ。敗北条件は凛音との決別それだけだ」

「そこに凛音さんの気持ちはないのですか？」

　未夢の言葉で心が痛い。

「僕の戦いだ。僕の戦いに勝てたところから話が始まると思っている」

「自分勝手ですね」

「恋だの愛だのそんなもんは全部自分勝手だろ。未夢にも身に覚えがあるんじゃないのか？」

　未夢は少し考えて一瞬頬を赤らめていた。そしてぶんぶんと頭を振って話をつづけた。

「わかりました。だけど私も凛音さんの覚悟もわかっています。だから、聞かれたことだけ回答します。凛音さんが教えてほしくないであろう情報には私は何も答えません。そして答えるのは一つだけです」

「わかった。一つだけ。凛音は元気なのか」

「……」

　言葉が返ってこない。答えないことが答えだった。

「ありがとう、全部わかった」

　少したため息をついた。大体分かった。

「ゆう君はたまに悠里みたいに頭の回転早くなりますよね。いつもは泥臭くたくさんの手立てを用意して物量戦をされるのに」

「回転早くなるのは多分、凛音絡みだからだよ」

「羨ましいですね。嫉妬しちゃいますよ。私が提供できる良心の限界の情報はここまでです。お礼をください」

そう言って抱きしめてください、と両手を広げる未夢。はいはい、と言って頭を撫でて談話ブースを出ようとする。がその手をつかんで飛びついてくる。結局抱き付いてくるのかよ。

「ゆう君が辛いのはわかっています。だけど私だって辛いんですよ。だから少しぐらい慰めてください」

抱き付かれている未夢の背中を撫でる。

「そうだよな、そうだったよな。未夢だって凛音に負けないぐらいの友達だったんだもんな」

抱きしめる力が強くなる。泣いているのか少し震えている。

「私の大事な大事なお姉さんだったんですよ、同じ年なのにお姉さん。私だけの。ゆう君になんか渡したくないぐらい」

「そりゃ最強のライバルだな」

「そうですよ。だけど、ゆう君も渡したくないのです、私はわがままなんですから、大好きですよ、ゆう君も、凛音さんも」

「自分勝手だな」

「愛だの恋だのは全部自分勝手って言っていたじゃないですか」

「そうだな」

そう言って未夢を引きはがす。

「すいません、私の匂いいっぱいついちゃいましたね」

「今日はこのまま帰るからいいよ」

「じゃあ送ってください、あとお礼に何かごちそうしてください」

「そうだな、先日悠里に教えてもらった謎のあんみつ屋に行くか」

「ひょっとして店長がザクレロに似ている？」

「共通認識なのかよ！」


そうして僕らは図書室を出る。必要な情報はそろった。正確には自分の中で考え尽くしたパターンのうち一つに合致した。多分最初からわかっていたんだけど、一番考えたくなかった話だったので、自分から避けていたんだろう。だけどそれが今確証に変わった。あとはこれを踏まえて歩いていくだけだ。とりあえず今日はあのあんみつ屋で未夢と話をしよう。彼女が知らないような凜音の思い出話をしてやるんだ。これぐらい、お礼に上乗せしてもいいだろう。

第二十七話
数えきれないほど人には言えないことをしてきた。悪いこともいいことも。

未夢を謎のあんみつ屋に連れていき、駅まで送った後、僕は一人なじみの喫茶店に向かう。相談がしたかった。相談というか一方的に話をして背中を押してほしかったのかもしれない。無条件な応援が欲しかっただけなのかもしれない。喫茶店のドアに手をかけて開ける。

「やぁ、結月くんじゃないか。あれからどうだい？　あと注文はいつものでいいかな？」

カウンターからマスターがいつも通り声を掛けてきた。まるで来ることを知っていたかのように。

「マスターありがとうございます。おかげ様で解決の道は見えました。今日はその件で相談をさせてほしいです。あと注文はいつもマスター勝手に出しますよね？」

「だからいつもの変なやつでいいかな、って」

変なやつって自覚があったのかよ。

「ちなみに今日は何を出すつもりなのですか？」

「限界突破ブラックコーヒー」

眼鏡の奥の目が光る。怖い。

「なんですか、それ」

「お湯じゃなくてエスプレッソでコーヒーを淹《い》れるやつだよ」

コーヒーでコーヒーを淹れるんじゃない。

「コストの無駄使いはやめてください。売値いくらになるんですかそれ」

「希望小売価格二千五百円かな」

「帰る」

帰らないでーと引き留められる。なんだよこの寸劇。時間は有限なんだし本題に入らせてくれ。そんなくだらないやり取りをアイスブレイクにされてようやく本題に入る。

「はい、ブレンドだよ」

マスターがそっとカップを僕の前に置いてくれた。

「ありがとうございます」

ようやく会話だけじゃなく、コーヒーも普通のものが出てきた。僕は気持ちを落ち着けるため一口、口をつける。

「なんかこのブレンド、薄くて不思議な香りしますね」

「うん、紅茶とアメリカンのブレンド」

違和感それか。

「ネットで最低の店って評価入れますよ」

「お？　威力業務妨害やんのか？」

腕まくりをして目をぎらつかせるマスターを見て頭を抱える。

「好戦的すぎるんすよ。大体なんでこんなことするんですか」

「入ってきたとき結月君今から戦いに行く、というようにガチガチだったからね。これでちょっとは気が紛れたかい？」

マスターはしてやったりという笑顔を浮かべた。

「私は困った人を助ける場所を作りたい。迷って苦しむひとの助けになりたいんだよ。そのためには困っていることを教えてもらう必要がある。だからさ、話しやすい環境っていうのが必須なんだよ。空気も、会話も、その導入も」

「そんなもんすか」

「そんなもんだよ。大事なことなんだよ」

僕は一つ深呼吸をしてこれまで得た情報、出来事を整理して話した。そして僕が思う結論を話した。

「というのが僕の仮説です。マスター、どう思いますか？」

「なるほど。けど、それが本当だったとしたら結月君はどうしたいの？」

「僕の勝利条件は、凛音のそばにいることです。凛音は僕を好きだと言ってくれた。だけどそばにいれない理由がある。その疎外要素を除外して凛音のそばにいるのが僕の勝利条件です」

「なるほど、それもまた正解だ。だとしたら私からは何も言うことはないよ。結月君の覚悟もわかるから多分何をいってもその道を進むだろうしさ。ここまで考えてきた、相談した人の思いも込めて正しい、正解を抱えて凛音さんを迎えに行くんだろう」

マスターは続ける。

「だけど、凛音さんも多くの人と相談したかもしれないし、考え抜いた正しい、そう正解を抱えて結月君にぶつかったのだと思う。じゃあ結月君の答えも凛音さんの答えも、どちらも正解だ。そうなるとどちらがより正解や真理に近いか、敗北から遠いかを競いだしてしまう。だけどね、それは違うと思うんだ。正解に至るまでの苦労や努力、正解は競うものじゃない。正解は殴り合うためのものじゃない。認め合うものなんだ」

「認め合うもの？」

薄く流れているＢＧＭが次の曲にうつる。また静かな曲が始まった。

「どちらも正しい場合、どちらが正しいかで殴り合うんじゃない。認め合い、話し合うんだ。時間をかけるしかない。時間がないなら頭を使い続けるしかない。それでもわからないならここにおいで、多少の力にはなるからさ」

「ありがとうございます。なんだか楽になりました」

僕は席を立ち、レジスターのほうに向かう。

「今日のお代はいいから、その代わり今度彼女を連れてきてくれたらいいよ」

「大きな借りになりますね」

「返せないものじゃないから大丈夫だよ、ほら、行ってらっしゃい」

「ありがとうございます、マスター初めてカッコいいと思いましたよ」

「私はいつでもカッコいいよ」

そう言ってマスターはニッカリ笑った。

そう、僕は明日、凜音に会いに行く。

第二十八話　誰にも届かない僕らの歌。

今日は土曜日。休日だけど早起きをして僕は電車に乗る。時間は午前八時。早起きしたのには意味がある。行先は隣の中央区にある総合病院だ。多分凛音はそこに入院しているはずだ。

あまり考えたくなかった選択肢だけど、総合的に判断するとそこにいる可能性が高い。本当は未夢と話をする前から選択肢としてあったし、わかっていたつもりだった。だってスーパー幼馴染だから。悲しいけど。認めたくなかっただけだ。全部嚙み合った瞬間は膝から崩れ落ちそうになった。そこからはそうじゃない可能性の理由を探し続けた。けど、出てくる情報や思い出す光景は今の仮説を補強するようなことばかりだった。だから僕は覚悟を決めた。今日、僕は、凛音に会いに行く。

電車で四駅先にある総合病院。昔凛音がケガをしたときに搬送された病院だ。この辺りの大きな病院と言えばここだ。凛音が未夢と会ったというあの病院だ。昨日帰りに本屋に寄った。そこで恋愛小説を買った。それを鞄に忍ばせた。そして駅までの途中、花屋によってお見舞いの花を買った。彼女のイメージに合う凛とした花を。

僕は花と本を持ち、病院に愛する人のもとへ向かう。もちろん違う可能性もある、というかそれを祈っている。むしろ確認せずに買った花や本が全部無駄であってほしいし笑い話になってほしい。それを祈って買ったという気持ちもある。

ホームに着く。電車は予定通りに滑り込み、人を吐き出し、人を飲み込む。時計を見る。バスの乗り換えには十分ほどあるが、すでにバスはバス停に到着しているようだ。

一番後ろの座席に座ってイヤホンを耳に当てる。ここから二十分弱。一章ぐらいだったら持ってきた本読めるだろ。鞄から自分用の本を開く。家を出るとき本棚から取ってきた。タイトルを確認してなかったけど、『いちご同盟』を持ってきたようだ。中学校の読書感想文で買った本だ。なんども読み返して表紙はボロボロになっている。いまから病院に向かうというのにこの本を手に取ってしまうだなんて。と少し笑《え》んでから本を開く。

バスが動き出す。僕は適当なページを開き、そこから本を読みだす。『むりをして生きていても、どうせみんな　死んでしまうんだ　ばかやろう』屈指の名シーンが開かれた。なんでこのシーンなんだよ。捉え方はそれぞれではあるが、この物語はハッピーエンドでは終わらなかった。僕らの物語のゴールはどこなんだろうか。ハッピーエンドを迎えることができるのだろうか。そしてそれは誰にとってのハッピーエンドなのだろうか。

バスが揺れる。病院を経由するバスは比較的人が多い。椅子は全部埋まり数名は立っている。風景は市街地からだんだんと郊外にと移っていく。ページを繰りながら、小説とバスは進む。

目的地に着いた。時刻は八時五十五分。予定通りだ。僕はバス道から少し歩き病院の門をくぐり、受付に向かう。自動ドアの奥は独特のあの匂いが充満していた。

あまり病院にお世話にならなかった生活をしてきたので、この病院の匂いを嗅ぐと数少ないネガティブな思い出が頭をよぎる。今日こそはそんな思い出を払拭してほしい、そう願いながら受付の人に声を掛けた。

「水無瀬凛音さんが入院していると思うのですが、部屋番号は何番でしょうか」

そんな人いないと言ってくれ。頼む。お願いだ。

「少々お待ちください……412病室ですね。面会票の記入をお願いします」

そう事務的に話が続く。言葉を聞いた瞬間、心は空っぽになった。腕だけが条件反射のように面会票を埋めていく。あーあ、やっぱりそうだよね。

面会開始時間だからか、この時間は面会に来る人も多く受付もエレベーターもにぎわっている。僕は大回りに階段を使い、少しずつ少しずつ凛音の場所に近づいていく。二階、三階、そして四階に。フロアマップを見て412病室の場所を確認する。いっそのこと412病室だけが無ければいいのに、という意味不明な期待は無残にも裏切られた。

廊下を歩き、病室を目指す。ドアが見えてくる。ネームプレートを確認する。深呼吸をする。踵を三回鳴らす。「負けるかよ」と小さく呟く。僕のおまじないだ。そしてドアをノックする。どうぞという懐かしい声が聞こえた。ドアに力を掛ける。何かを引きちぎるようにドアを開ける。

そこにはもちろん、凜音がいた。

第二十九話　諦めきれないと諦めた。

「待たせたな、凜音」

「それどころか、思ったより早かったよ、ゆづ君」

凜音は来ることがわかっていたかのように驚きもなく迎えた。そして読書眼鏡をはずし、手元の小説をパタンと閉じて、そこに座りなよ、と椅子のほうに手をやってくれた。お見舞いの花と小説を渡して椅子に座る。彼女はありがとうと言った。受け取る腕が以前より細くなったように見えた。見なかったふりをした。気付かないふりをした。気のせいのはずだから。

「いつから、どこまでわかったのかな？」

彼女は言った。

「別れを切り出されたときから無意識で気付いていていたんだと思う。だけど確信に到達したのは昨日だ」

「そうなんだね、やっぱりスーパーな幼馴染だよ、ゆづ君は」

彼女は目線を窓の外に向けていった。

「僕の幸せは、凛音、君といることだ。だから、僕はここに来たんだよ」

「私の幸せは、そこにはないんだよ」

「なんでだよ」


「多分、私は、次の夏を迎えることができない」

世界が、ほんの少しだけ止まった。

「笑えるよね、体調がよくないから夏バテかなって思ったら精密検査になって。すぐにでも入院と言われたけど、せめて年内はゆづ君と学校生活を送りたかった。だから無理させてもらって。幸せだったな、あの時間」

凛音がいつもの笑顔を僕に向けてくれた。なんだよ、そんな顔をするなよ。冗談だよ、っていってくれよ。そしてゆっくりと悲しそうな顔に戻った。

「そしてその代償を今払っているんだよ。幸せを前借りした。だから後はゆづ君を未夢ちゃんに預けるよ。すると、私の中の幸せが最大化する」

「そこに、そこに凛音の気持ちはあるのかよ」

僕は苦し紛れに言った。

「あるに決まっているよ。私はハッピーエンドの甘々な結末が大好きなんだよ。いつか読んだ恋愛小説のように、私は恋をしたまま死んでいく。そして、ゆづ君はもっと幸せになってこの先何年、何十年あるかわからない人生を未夢ちゃんと歩いていく。それはゆづ君にも、未夢ちゃんにも、そして私にとっても幸せであふれた最高なことだよ」

何も言えない。何も言い返せない。

「僕の幸せは……」

「これ以上の会話は平行線だよ。私の時間はゆづ君よりももっと有限なんだよ。だから無為な議論は避けたい。私の正義は、正解は変わらない。幸せの最大化。私の勝利条件は私が私の人生の主人公として、人生を終える。そして、その後、三人とも幸せに包まれる」

「未夢と共に歩くことが僕の幸せって決めないでくれよ」

僕は何とか言葉を絞り出した。悲しい言葉だ。

「幸せだよ。間違いなく。ゆづ君は未夢ちゃんといることは幸せなのだよ」

何を言うんだよ、と言葉を挟む前に続けられた。

「あー、悔しかったなぁ。ゆづ君が私にしかしない顔で未夢ちゃんにも話をしているんだもの。もしゆづ君。それが幸せでないとしたら、私と一緒に会話していても幸せではなかったということだよ。私にない可愛さと私にない一生懸命さをもった未夢ちゃんだよ。彼女を悲劇のヒロインにしたら私は許さないよ」

「凛音は悲劇のヒロインになっていいのかよ」

「これ以上酷い人間を演じさせてほしくないんだよ」

僕は何も言い返せない。お互い言葉を交わしているけど、その裏の気持ちもわかっている。こんなものはお互いが思う彼氏と彼女を演じているだけだ。本当の気持ちや思いは通じ合っている。お互いただそばにいたい、離したくない。それだけだ。心では号泣しながらこんなくだらない言葉遊びをしてしまっている。二人ともそれに気付いてやっている。そうしないと会話もできないぐらい感情があふれ出してしまうから。何か理由やあるべき姿を持ち出してそれになりきらないと気持ちが維持できない。

あぁ、こんな気持ちが通じるのであれば、幼馴染なんかならなかったらよかった。

「……おみやげの小説、ありがとうね。やっぱりゆづ君だよ。お花もセンスばっちり」

今はそんな褒め言葉も何も入ってこない。

「この病院の図書室の恋愛小説は大半読んだことある奴だから困ってたんだよ」

「だから未夢に頼んでうちの図書室の本を運んでもらっていたのか」

未夢が恋愛小説を借り出したのは気付いていた。意味があることも気付いていた。

「ご明察。ちゃんと気付いてくれていたのだね」

「引っ越したのは？」

「残りの私の人生に家族が寄り添ってくれる、そのために病院近くに引っ越してきてくれた。過保護な親だよ。実際は転校していないのだけど、弱っていく私をクラスメイトには見せたくなかったから転校扱いで説明してもらったんだよ」

「なるほど、想定通りだよ。正解で悲しいことってあるんだな」

「事実は、小説よりも奇なり。だよ。コロ助的にいうと奇なりナリ」

そう言って凛音は背伸びをしながら続けた。

「あー、私の人生幸せだったな。ずっと好きな人がいて、ずっと好きな人のそばにいられて、そして一番近くにいることができて、そして私がその人を振ったんだ。私がこの恋愛の主人公だったんだ。そして」

凛音の呼吸音だけが、世界に響いた。

「そして最後は悲劇のヒロインとなる。それで私の人生は完成する」

僕は立ち上がる
「凛音の気持ちはわかったよ。だけどそんな思い通りにさせないよ」

「ゆづ君、お得意の人並みの人生を演じるのなら、無理しないほうがいいよ。私は、幸せだったんだよ、幸せなんだよ」

「僕の人生は、僕のものだよ」

また来るよ、と言って部屋を出る。来なくても大丈夫だよ、と凛音が言う。そのまま僕は待合室のほうに向かう。


気力を使った。気力ゲージが空っぽだ。飛び道具すら飛ばない。とにかくカロリーを補給して頭を回転させよう。今後のことを考えなければ。病院の一階に入っているコンビニで牛乳とアンパンを見つけてレジを通し、飲食ブースのソファーに座った。

「高校生らしからぬ組み合わせですね、張り込みでもしてるんですか？」

「そのほうがよっぽど気が楽なんだろうけどさ」

後ろから声をかけられた。だけど予想していたことだ。

「私がいることに驚かないんですね」

末夢が驚いてこちらを見ていた。

「多分朝のバスも一緒だったろ、何か視線も感じたし」

「ご明察。でも気付いていたら声をかけてほしいです。恋する乙女は悲しいです」

「そこまで心に余裕がなかったんだよ。だから末夢も声をかけなかったんだろ。で、どこまで見ていた？」

「病室のドアに手をかけて深呼吸をしていたところからアンパン買うところまでですね」

「全部、なのね」

僕は小さくため息をつく。

「私はですね、ゆう君の物語のゴールは私だと思ってます。私の物語のゴールもゆう君だと思ってます」

「凛音みたいにゴールを勝手に決めて欲しくない。それに、まだ、ゴールじゃない」

僕は言った。

「この物語のゴールまでの道はもう一本道ですよ。もうすぐカーテンコールです。私だって認めたくないですけど」

影を落とした顔で末夢はそう言った。

「僕の敗北条件は、まだ充足されてないさ」

そう言って僕はパンの封を開けた。わかっていた、気づいていたとか思ったものの、正直時間は想像以上になかったし、凛音の覚悟は堅かった。そして今思うと僕はマスターのアドバイスを無視してより正解に近いのはどちらかで戦おうとしていた。だから全くの平行線となってしまった。だけど、お互いの正しさを認め合えるように話し合うには十分な時間が取れない可能性もある。だけど、諦められるほど大人になってもいない。だったら、どうするんだ、どうすればいいんだ。最小限の時間で最大限の効果を出せる、快刀乱麻のような解決策を、考えるんだ、それしかできないし、それしかやってこなかっただろ。


「ねぇ、ゆう君、この後時間ありますか？」

未夢がパンを齧る僕の顔を覗き込みながら言った。

「考えることは多いけど、時間が無いわけではない」

牛乳で流し込む。

「だったら私のお見舞いが終わったら付き合ってくれませんか？」

「いいけどどこに行くんだ」

「デートです。じゃあちょっと待っててくださいね」

そう言うと笑って彼女は病棟のほうに駆け出して行った。僕のリアクションを待たずに。

とりあえずはそうだな、手元の味のしない粘土みたいなパンでも食べきろうか。

第三十話　離したいでも話したい。

「あのね、未夢さん、ちゃんと歩けますから腕から離れてもらえますかね」

「え？　デートしてもらうって言ったじゃないですか」

そう言って未夢は僕の腕を摑んでずるずると引っ張る。あの、病院の受付はね、人がね、多いのでね、恥ずかしいんですけど。

「とりあえず買い物行って映画行ってカフェ行ってバッティングセンター行きますよ」

「丸一日拘束コースじゃないですかーやだー」

「何言っているんですが、今日一日は凛音さんのことを忘れてもらいますから」

「そんな無理難題を」

「抱え込みすぎですよ、たまには周りに頼ってください。そして、私だって少しくらい忘れさせてください」

そうだよな。未夢もずっとこの問題と向き合っていたんだもんな。一人で、孤独に。

「……わかったよ、今日だけな」

「今日だけ私の彼氏になってくれるんですね、ありがとうございます」

「いや、そういう意味じゃなく」

未夢はそのままどんどんと僕を引っ張っていく。自動ドアが開く。すれ違った老夫婦があらあら、というような顔をする。あのね、未夢さん、ひょっとしたら知り合いがいるかもしれないのよ、ここ。病室なんか特にさ。

「まずは買い物に付き合ってくださいねー」

腕を引っ張られて病院を出る。門の手前で病院を振り返る。四階の窓を見ると病室の凛音と目があった気がした。

「凛音さん、見てくれたかな、私たちのこと」

「確信犯かよ」

「凛音さんの望みを叶えるのです。私はそこがゴールだと思っています。だからゆう君を振り向かせるため全力を注ぎ続けるのです」

「あなたの勝利条件はそれなのね」

未夢の勝利条件は凛音の望みを叶えることなのか。

「違います。私はただゆう君のそばにいたいだけです。勝ちとか負けとかそんな低レベルな話をしているのではないのです。私は私の人生の主役です。私のやりたいようにしていきます。もし凛音さんがゆう君と寄り添うことをその勝利条件とやらにしていたとしても私はゆう君のそばにいることを願います」

「そういう考え方か」

「そうです。ゆう君ですよ、言ってたの。『恋だの愛だのそんなもんは全部自分勝手だ』

って」

やめろ、恥ずかしくて死にたくなる。

バス停で次のバスの時間を見る。二十分ぐらいありそうだ。少し考える。凜音はみんなの幸せの最大化を願っている。僕の幸せは凜音のそばにいることだ。未夢の幸せは僕のそばにいることらしい。凜音の中ではもうすぐ幕を下ろす自分のそばにいることは幸せではないと定義している。だから未夢の幸せを叶えることが僕の幸せでもあり、それを見届けるのが凜音の幸せという理論だろう。そこに僕の気持ちがあるかないかはいったんおいておいてさ。

「この状況を把握してなお、まだ勝利条件とか敗北条件とかくだらないゲーム理論みたいなこと考えているんですか？」

「なんだよ、くだらないって。感情を整理しないとただのエゴの殴り合いになるじゃないか」

「さっき凜音さんと思いっきり殴り合いしていましたよね。結局はそうなんですよ。感情を数値化したり、比較したり、合理的な選択をすることが美徳とされるんですけど、それは納得をさせる理由作りにしかならないのですよ。誰のため、彼のためって結局は自分の思う理由を勝手に人のせいにしているだけなんですよ。みんな自分勝手自分本位なんです。だったらもう論理だとか理論だとか効率だとかそんなくだらないことはもう全部捨てて感情でぶつかったほうが早いですよ」

「なるほど、野性的かもしれないが効率的かもしれん」

僕が笑う。未夢も笑った。

未夢の考えも確かにわかる。僕はずっと納得できる理由を探してきた。それは未夢の思いを確認するんじゃなくて、自分の中にある材料だけで自分の思う凛音像に当てはめて自分本位で、自分勝手に考えて今日の日を迎えた。それが正しいか正しくないか、で考えてきたけど未夢はそれが自分の思いかどうかでここまで来たんだろう。そして出た結論がたまたま今の凛音の勝利条件だったのだろう。

バスに乗る。何も言わなくても未夢は二人掛けの隣にくっついて座ってくる。

「未夢、思ったより大人っぽいところあるな」

「え?! 急になんですか、照れるじゃないですか。不意打ちは卑怯ですよ」

「いや、大人な女性とかそういう意味じゃなくて、考え方がね」

未夢を見ながら答えた。コイツ普段もっと恥ずかしいことしているのになんなんだよ。

「……そういうところ減点ですよ。間違ってても否定しなくていいじゃないですか」

こんどはムスッと膨れた。見ていて飽きない。

「忘れているかもしれないですけど、私だって色々な人生イベント乗り越えてここに来ているんですよ。もう慣れっこです」

そう言って次はにっこり笑う。

「未空が搬送された時……ちょうどあの病院だったんですけど絶望の中の絶望の中の絶望の中に居ました。私のせいで未空が、って。その時に助けてもらったんです」

未夢が手を繋いでくる。その手に力がこもる。

「その時に凛音に会ったんだっけ」

「はい。その絶望の中に立った時、私の今回の人生はもう価値がない。やーめた、と思った時急に抱きしめられたんです。何も理解できなかったし、背景序文もわからない人に私の境遇なんて『わかってもらえない』のに、その無条件な無責任な優しさが本当にうれしかった。絶望だとか、無理解だとかそんな理論を跳躍して凛音さんはただ抱きしめてくれて、私はやっと泣いた。泣くことができた。その間凛音さんはずっと私を抱きしめてくれた」

光景が目に浮かぶ。

「だから理論とか論理とか、勝利条件とか、正解とか、正義とか、そんなものはどうでもいいということ?」

「いいえ、それはそれで大事なことだと思っています。だけど、その前提は人間として最低レベルの愛情だとか、そんなものが満たされてからだと思っています。ゆう君、最後に凛音さんを抱きしめたのいつですか？　今日は口ではなく態度で愛を伝えましたか？」

僕は黙り込んでしまった。言葉ですべてを伝えようとしてしまっていたことに気付かされた。

「そんな頭でっかちになっちゃうと私もどっかに行っちゃいますよ」

そう笑った。同時に駅前にバスが入った。僕たちはボタンを押して降りる準備を始める。まずは買い物に付き合ってください。私にも本を選んでくださいよと駅前の大きな本屋に引きずり込まれる。まぁ、今日ぐらいはいいだろう。大事な話をしてくれたお礼だ。一日付き合ってやるよ。


「ねぇ、ゆう君」

前を歩く未夢がくるっと振り返りこちらを見た。

「なんだ？」

「もし、私の寿命が凛音さんより短かったら、もっと仲良くしてくれますか？」

僕をのぞき込む未夢。

「どうだろうな」

僕は答えた。彼女は僕の反応を見ず、手を取って駆けだした。

第三十一話　今回の人生は失敗だった。

昨日はよくわからない一日だった。覚悟を決めてお見舞いに行き、絶望を告げられて、未夢に連れられて、一日を過ごすことになった。数時間だけ、数分だけ、数秒だけ、一瞬だけ凛音のことを考えない時間が久しぶりに生まれた気がする。それはそれで幸せだったかどうかはわからないし、答え合わせなんてするつもりは全くない。そうバッティングセンターに行って出来た手のひらのまめを触りながら考えていた。

今日は日曜日。今日も凛音の元に行きたいところだ。しかし、その前に学生であり生徒会副会長であるが故に翌日の月曜日に開催される生徒会選挙のための登校となった。日曜日なのに。

「おー、結月、おはよー。日曜日なのにお疲れさん」

通学路、後ろから悠里の声がする。

「おはよー、悠里。日曜日なのに何してんだろうな。キリストでも休む日なのに」

戯言《ざれごと》を返すと振り返るより早く悠里が隣に来た。

「神様が休むから俺らが働くのよ。昼ごはんを先生が奢《おご》ってくれるらしいぜ」

「といってもいつもの仕出し弁当だろうしなぁ。時給換算したくないよ」

手を頭の後ろに組み答えた。悠里はそれを見て嬉しそうに笑う。

「まぁ、いいじゃないか。そうだ、昨日はお楽しみだったようで」

「何の話だ?」

「駅の本屋でお前と未夢が楽しそうに手を繋いでいるのを見たぞ」

恐れていた事態が起こっていたのか。まぁいいや、悠里ならそんな問題はないだろう。

適当に話を逸らそう。

「あー、ちょっとな。未夢って昔からあれなのか、いつもあんな感じなのか?」

「あんな感じとは?」

疑問符を僕に投げてきた。確かに、説明が不足していたな。

「なんだ、真っ直ぐというかパワフルというか、自分の目的以外見ていないというか」

悠里が苦笑いした。

「弟がああなってからだよ。人生に絶望して今回の人生失敗だったとか厭世観《えんせいかん》の塊だったんだけどさ、凜音ちゃんに出会って、俺が目的を与えてそこから徐々に変わってきて、お前に会って自分を自分の人生の主役に置くようになったのよ。おかげで凜音ちゃんの彼氏にも手を出す始末だよ」

笑いながら悠里が言う。僕も笑ってごまかす。

「そういう意味ではお前だけじゃなく、もちろん凜音ちゃんにも感謝しているよ。死にかけたあいつを救ったのは、凛音ちゃんだ」
「なるほどな、そういう面もあるのか」
「あいつの人生は二回目なんだよ。一回死んだと思っている。だから自分の目的に対して後悔しないように生きているんだと思う。お前と仲良くしてもらってよかったよ。この先も心配はないよ」

そうこうしていると学校に着く。月曜朝一で選挙演説会があるので、今日中に全校集会の設営、演説予定分の提出内容確認などの作業を続ける。今回は悠里がタイムスケジュールの線を引いてくれたので、問題なく、何なら前倒しで終わった。僕の計画能力と比べて素晴らしいこと。もうあいつ一人でいいんじゃないのか。

指示事は全部生徒会長様に預けて僕は進捗確認ボードの更新を続ける。各所から入ってくる状況を常に最新化し続ける。問題が起きなければ頭を使わない作業だ。変に時間があると不要なことまで考えてしまうからこれはこれでありがたい。悠里のことだ、それも見越してアサインしてそうで怖い。

昼ごはんはちょっといいお弁当とお茶をもらった。そうはいってもやっぱり弁当なのね。生徒会室で食べようかなと鍵を取ろうとしたらすでに開いていた。悠里だ。考えることは同じようだ。もうすぐ僕らの思い出の場所、この部屋にも入りづらくなるのだから。

「おつかれ、予定通りの完了でスケジュール管理能力の高さが羨ましいわ」

「いやいや、皆がしっかり能力を出してくれたからだよ。クーデターとか起こされていたら間に合ってない」

「極論すぎんだろ」

悠里の言葉に僕は笑い、会話を楽しむ。


「まぁな。……答えづらかったら答えなくていいんだけど、凛音ちゃんの件、どうなった？」

「あぁ、昨日会ってきたよ」

悠里はその言葉に驚きと、安堵の表情を浮かべてくれた。そして僕は経緯を話し、凛音の思いを話し、未夢の行動を話した。悠里は弁当を箸でつつきながらも真面目に聞いてくれた。

「なるほどな、あとは登場人物全員が感情で殴り合えば終わりだな。殴り合いだ。原始の戦いだ」

そう言って悠里は楽しそうにシャドーボクシングをしだした。手にはメリケンサックをはめていた。お前といい未夢といい、どこで買うんだそれ。

「もっと理性的な解決方法を取らせてくれよ」

「いや、もう最後はそうなると思うよ。お互いがお互いの気持ちもわかってしまっていて全部デッドロックというかダブルバインドというかもう前にも後ろにも進めないいんだろ。だったらもう理論とか正解とか正論とかで殴り合うのではなく感情で殴り合うのが最後だと思うよ。そしてそれは感情が強いほうが勝ち……ではなく勝ち負けでも何でもない世界な気がするけどね」

「勝負ごとじゃない、と?」

「感情は理論を超越する。その先はもうただのぶつかり合いよ」

「お前もそんな感情論もっているんだな、もっと効率厨《こうりつちゅう》の人生RTA走者なのかと思った」

もらった謎のメーカーのお茶で弁当を流し込む。

「割と感情優先しているよ、俺。じゃないと人は救えないからね。まぁ、ここからは感情の殴り合い、結月が一番苦手なところだ」

そう笑い、悠里はペットボトルのお茶を飲み干した。彼はもう食べ終わったようだ。僕も食べてサクッと帰ることにするか。んで、帰りにマスターにも報告にいこう。そして謎ドリンクでも頂いて帰ることにしよう。

「なぁ、結月、お前のいう人並みな人生の人って誰だよ」

弁当をがっついているとゴミ箱前で背中を向けたまま悠里がボソッと言った。

「誰でもない一般的な人だよ。何のドラマにも残らない、誰が見ても誰にも当てはまるような人生だよ」

「誰にでも劇的で悲劇的で歌劇的な思い出の一つや二つは常にあるんだよ」

「だとしたらその一つや二つが今起きているだけだ。僕の人生は平凡な人並みでいいんだよ。だから他人の人生に一生懸命になれてんだよ」

「だけど今回ぐらいは、主役張ってもいいと思うんだよな」

そう言って悠里は空になったペットボトルをゴミ箱に入れ部屋を出た。

「鍵はそっちでよろしく、それじゃーな」

後ろ手に手を振り僕の顔すら見ないで帰っていった。わかってんだよ、僕にだって、今がその時だってさ。

第三十二話　君が幸せなら僕は幸せ、とは限らない。

「ここからは感情の殴り合い、一番僕が苦手な戦いだって言われちゃいましたよ」

「ははは、よく分析できている友達を持ったんだね」

いつもの喫茶店。生徒会選挙の準備が終わった後、土曜日の顛末《てんまつ》と今日の話をマスターに話に来た。今日は普通のコーヒーの色をしたものが出された。風味もコーヒーで味もコーヒーだった。逆に怖くなってきた。これ三十六時間ぐらい眠れないようなコーヒーだったりしたらどうしよう。

「で、結月君はこれからどうするんだい？」

「すぐにでも会いに行きたいんですけど、会話が平行線になるだけなら行かないほうがいいかなと思っています。何かもう少し考えがまとまってからかなと思っていますが」

コーヒーを見つめる。コーヒーが僕を映す。コーヒーだと思うけど。これ。

「その未夢さん？　にも言われたんだろ？　凛音さんに愛をちゃんと注がないと」

「無意味な愛は自己満足ですよ」

「無意味な愛なんてないよ。それが本当に愛だったらね」

マスターは食器を拭きながらそう言った。そして続ける。

「もしさ、結月君が凛音さんの立場だったら平行線の会話だったらしたくないかい？」

「……いえ、話がしたいです。どんなに無益で無意味であっても」

「そういうものだよ。正しさは勝負じゃないんだよ。もう。どちらも正しい。じゃあ納得いくまで話し合う」

マスターの正しさもわかってる。だけど。

「多分、怖いんです」

僕は本心を言った。

「平行線の会話になって、前回みたいにお互いがお互いの立場という仮面をかぶって議論になるのが怖いんです」

「そうなったらどうなるの？」

「いや、どうって……上滑りするだけというか、無駄になるというか……」

言葉に詰まってしまった。

「なったらなったでいいと思うし、さっき結月君が逆の立場だったらそれでも話したいって言ってなかったかな」

そういわれると自分の考えが分からなくなってきた。会うべきなのか、どうなのか。思案してたらマスターが話しかけてくれた。

「明日学校が終わったらすぐここに来てくれるかな。凛音さんにお見舞いの品を持って行ってほしいんだ。食品になるからできればその日中に」

「明日ですか、ちょっと確認しますね」

僕はスマホを出そうとした。それをマスターが制止した。

「結月君、私がきっかけを作ってあげているんだ。ほかの予定を押しのけてでも行ってきてもらわないと」
「……わかりました」
周りの人に助けられて、恵まれて僕はここにいる。その積み重ねで僕が出来上がってい
る。

月曜日の生徒会立会演説会は滞りなく終わった。日曜日の作業が報われた。
このまま放課後の投票集計で僕たちの後継が決まる。集計は選挙管理委員会がするから
現行生徒会はその確認と承認のみとなる。活きのいい後輩が入りそうで一安心だ。誰が当
選してもいい学校になるのだろう。
午前中の授業も終わり、昼休みに入った。悠里に放課後の開票作業に出られない、と伝
えようとしたが見当たらない。とりあえず飯食ってから考えるか。
飯食ってしばらくしたら教室に悠里が入ってきた。
「ドシタン、ゲンキナイネ、ハナシキクヨ、ウチデエイガミル？」
カタコトでチャラい声掛けをされる。
「もうちょっといい導入あるよね」

僕は体を悠里に向けながら言った。

「よし結月、今度デスゲームしようぜ！」

手元には図書室のラベルが貼ってある『誰でも簡単！　たのしいデスゲーム入門』を手に持っている。なんでだよ。どこ発刊だよ。あれか、扶桑社か。

それでも悠里なりの気遣いなんだろう、考え込みすぎてる俺を見かねての。ありがたくその謎本を受け取り、ページを開く。なるほど、これは体系立っていて分かりやすい。流し読みをしていると悠里が口を開いた。

「デスゲームと言えばさ、結月。今日の生徒会選挙の開票作業の件だけど」

「わりい、今日急用がはいったから速攻帰らないといけないんだ」

「こんな日に大変だな、了解。こっちは適当にしとくから気にせんでくれ」

こういう時にあれこれ聞かない友達がいると余計な精神コストを消費しなくて済むから本当に助かる。多分わかってんだろうな、僕が凛音のもとに行くということを。後でおしるこを差し入れたら許してくれるはずだ。多分。俺たちの通貨だし。


終礼が終わると同時に僕は駆け出した。まずは喫茶店まで急がねば。廊下を走っていると、色んな人に声を掛けられる。副会長になって有名人になってしまった。何が人並みな人生だよ。十分特異点だよ。死期が近い幼馴染の元彼女がいるとかなんだよ、十分人並みの範疇《はんちゅう》飛び出てるよ。人並みだと決めつけていたのは自分じゃねーか。他人の人生に全力を出すためにって自分の人生が失敗したときの責任を負いたくないからじゃねーか。何自分の人生から逃げてんだよ、真面目になれよ。僕は走る。下駄箱で靴を履き替える。喫茶店まで走る。別に走る必要はないのだけど、何かをしないと無駄なことを考えてしまう。無駄なことを考えてると自分の感情が濁ってしまう。純粋な自分の感情で、今日は向き合わないといけない。

そのために今日、凛音に会いに行くのだ。後悔なんてしたくない。後悔では何も解決しないのだから。

喫茶店のドアを開ける。マスターがこちらに気付いてビニール袋を手渡してきた。

「食事制限とかあったら持って帰ってきてもらっていいからね。一応フルーツの盛り合わせとタンブラーにティーソーダを淹れておいたよ。あと君には角砂糖を二個入れておいたよ」

いつも通りの扱いに、ちょっとだけ気持ちが緩んだ。

「ありがとうございます、じゃあ戦ってきます」

「違うだろ、戦いじゃない、勝敗じゃない、感情をちゃんと伝えておいで。だめだったらまたここにおいで。一緒に考えよう」

「ありがとうございます。マスター、そんな優しい姿似合いませんよ」

「うるせぇよ」

マスターの笑顔に笑顔を返して僕は駅に向かう。予定より一本早い電車に乗ることができそうだ。これならバスの乗り継ぎもうまくいく時間だ。僕はICカードを取り出して自動改札を潜り抜ける。そして同時に滑り込んできた電車に乗った。

今頃、悠里は生徒会選挙の集計結果を待っているかもしれない。スマン。だけど今日だけは、僕の人生の主人公を演じさせてもらう。

第三十三話　近づけば遠くなる。

バスは少々の遅れをもってして病院近くのバス停に到着した。バスを降りて病院まで歩く。どういう話の展開にしようかな、てみやげのティーソーダ零《こぼ》れていないかなと考えつつ横断歩道を渡ろうとすると目の前を原付が飛び出してきた。ギリギリ目の前を通り過ぎる。風圧で髪が揺れる。「あぶねぇ」と呟いて意識を道に集中させる。病院に行く前に病院送りになるところだった。

「兄ちゃん、大丈夫か!?」

ヘルメットを脱ぎ、こちらに駆け付ける原付の運転手。モヒカンでバナナのアロハとか独特なファッションだ。

「はい、ぼーっとしてました。すいません」

僕は頭を下げる。その人も頭を下げる。

「無事なら良かったよ、この交差点見通し悪りぃから俺も気を付けないとな」

「こっちも気を付けます」

何かあればと渡された吉田と書かれた名刺を受け取り、別れる。どうやら悪い人ではないようだ。

まだ少しバクつく心臓と共に病院の門をくぐり、庭を抜ける。その先に自動ドアがある。受付で面会票を記入して412病室を目指す。今日は比較的空《す》いているのでエレベーターで上がる。独特の匂いが鼻をくすぐる。ワンフロアずつ上がっていく。死刑囚の絞首台ってこんなのなのかな。一生比較はできないと思うけど……多分。


四階に到着する。ドアは開いているようだ。入ろうと思ったところで足を止める。会話が聞こえたからだ。そう、今では聞き慣れてしまった未夢の声とともに。

「凜音さんはそれでいいんですか。私、本当にゆう君を奪ってしまいますよ」

「何度も言ってるとおりだよ。いいんだよ、私の人生はこの最高潮で幕引きをする。そして未夢ちゃんとゆづ君は幸せな人生をずっと歩んでいくの。私はそれが楽しみでならない」

「その残りの時間を理由にしないでください。私は凜音さんの感情と話をしているのです」

感情むき出しの未夢の声がした。未夢はちゃんと感情で殴っていた。

「例えば仮に私がゆづ君を渡したくないと言ったら未夢ちゃんは諦めるのかな?」

「諦めません。私だって本気です。ずっと憧れていたんですから」

「だとしたら結論は変わらないと思うよ。結果が変わらないのであれば、その経緯はどうでもいいんだよ。些末《さまつ》なことだよ」

凜音は感情の外で役割を演じている。そして未夢は感情で殴り合おうとしている。だからお互い空中戦になる。

「結果は変わらないのですが、私が納得しないのです」

未夢は感情で戦っても凜音はそのステージに上がらない。理論で戦っている。

「近くにいると俯瞰《ふかん》できない。私はね、俯瞰することを選んだ。それは、近くにいないということなの。あなたが納得する、しないは、私のなかではどうでもいいのだよ。一勝だとか一敗だとかはどうでもいい。人生全体で勝てればそれでいいんだよ」

しばらく無音になっている。どうしよう、そろそろ何食わぬ顔で入ろうかと思い、空いてるドアから入った。その瞬間会話が再開してしまった。凛音は僕に気付いたが、目はそのまま待っていて、という目をした。未夢は気付かずに話を続けた。

「私のゴールは誰一人残さず幸せな結末に到達することです。そこにはもちろん凛音さんも含まれているのですよ」

「だとしたら、私と未夢ちゃんの幸せは同時に満たされない。ともすれば私はもう一つの幸せ、二人の幸せな結末を想像したいんだよ」

「私は戦わずして俯瞰している凛音さんに納得できないんですよ。自分の心を殺してまで演じてるのが嫌なんです」

「そんなにゆづ君のことを好きなんだね、ゆづ君も幸せ者だよ」

「もちろんです。だから凛音さんには負けたくないんです。凛音さんこそまだゆう君のことちゃんと好きなんですよね」

「もちろん。死ぬほど好きだよ。まぁ死んじゃうんだけどね」

未夢は何も返せなくなった。そんなこと言うなよ。誰も何も言えなくなるじゃねーか。


「そろそろ会話に入ってきてもいいよ、ゆづ君」

このタイミングかよ。僕はバツの悪い顔をして二人のもとに向かう。

「いや、めっちゃ入りにくいんだけどさ」

「盗み聞きとは感心しないですね」

未夢が呆《あき》れた顔でいった。いや、盗み聞きはしてないつもりなんだけどね。ねぇ、凛音さん、フォローしてよ。すると凛音が小さく息を吸っていった。覚悟の音だ。

「役者がそろったのだ。みんなに聞いてほしい。私は来週の月曜日に手術を受ける。もちろん完治を目指すものじゃない。延命、になるのかな。この手術がうまく行ったとしてもこの先私はどんどん弱っていくのだと思う。だとしたら私はみんなにはもう来てほしくない。弱っていく私を最後の記憶にしてほしくないんだよ。だからもうこの話は終わりにしたい。お見舞いも、その前日を最後にしてほしい」

淡々と話し切った。まるで練習をしていたかのように。無音に包まれた空間、何秒経ったのかわからない、経っていないのかもしれない。凛音がその空間に言葉を添えた。

「それでゆづ君は今日なにをしに来たのかな？　多分前回の議論の続きをしに来たのなら平行線になるだけだからやめたほうがいいよ。私もちょっと今日は疲れちゃったんだよ」

そういうとリクライニングしているベッドに背中を預けた。

「今日はただのお見舞いだよ。未夢、すまないちょっと席を外してくれるか」

「気にしないでください、私なんかその辺の針葉樹だと思ってもらっていいので」

「針葉樹にも広葉樹にも思えないからお願いしているんだけどね」

そう言うとしぶしぶといった感じで「休憩室でジュース飲んできます」とドアから消えていった。


「ただのお見舞いなら、正直大歓迎なのだよ」

しまった、弱い私が出てしまった、と凛音は続けた。出てしまった言葉を戻すように口をパクパクさせた。それに少し笑い、僕は凛音のそばに行き、マスターからのおみやげを渡して隣に座った。

「前回はごめんよ。たくさん考えた結果、それを伝えたいという気持ちが優先してしまった。今日は凛音と議論をしたいわけじゃない。考えた結果とかこうしたい、こうしてほしいなんてのは持ってきていない」

「なら、よかったのだよ」

「ただ、凛音、君と話がしたい。それだけなんだ。彼氏とか彼女とかそういうのはどうでもいいんだ」

それでいいのだよ。と言って凛音は僕の手を取ってくれた。やばい、もう泣きそうだ。

そこから凛音と久しぶりに話をした。お互いのポジショントークじゃなく。これまでと、これからの話を。叶わない夢の話も。手をつないだまま、何も変わらない日常の会話をした。

「ありがとう、私が求めていたのは議論じゃなくて、日常だったんだよ。ごめんね、嫌な人間を演じてしまって。だけど、それぐらい、私の、この先の、覚悟は変わらないんだよ」

「凜音、君の信念の強さはよく知っている」

「それでこそゆづ君だよ。そしてできれば私なんか忘れて未夢ちゃんを迎えに行ってほしいんだよ」

そして凜音はゆっくり離れた。


「仲良しですね。私のこと忘れていませんか？　そろそろ入ってもいいですか？」

悪気はなかった。忘れていた。凜音が口を開いた。

「もちろん覚えていたよ。うん、すごい覚えてた。昨日ぐらいからずっと覚えてた」

凜音さん、酷いですよ、それ。

「けどみんなが幸せになればそれでいいのです。私は私の正解を目指しますよ。二人に負けませんよ」

そう言って未夢がマスターの差し入れのカットフルーツを一つ摘まみ上げた。

「私の意志の強さをなめてもらったら困るのだよ」

凛音も笑う。このまま、ずっと時間が進まなければいいのに。なーんてね。

第三十四話　ゴールは自分が決める。

「おはよう結月、寡黙《かもく》でも周りの女子が優しくしてくれるのはゲームやアニメの中だけらしいぞ」

「おはよう悠里、寡黙とコミュ障はまた別らしいぞ」

そんな一日の始まり。いつも通りの意味のない挨拶を朝の教室でする。

「昨日は開票作業、急に押し付けて済まなかったな」

僕はお礼を言って、おしるこを差し出した。悠里は真顔で思いっきり拒否してきた。なんだよそれ。お前自分は拒否するようなもんを毎回僕に贈っていたの？

「気にするな。お前なんかいてもいなくても同じなんだからさ」

めっちゃ歯を光らせて親指を立てながら悪口を言われた。全否定できないだけに何とも言えない。

「おかげ様でお見舞いに行けたよ」

そう言ってあった話を悠里にした。嬉しそうにそれを聞いてくれた。

「時間は有限なんだし更に凛音ちゃんの件もあるからしばらく生徒会来なくていいよ」

「いや、そういうわけにも」

「引継ぎの遅れは俺がリカバリーしておいたよ。今はオンスケ」

ホントコイツなんなんだよ。いい加減パラメータの六角形みせてくれよ。

「けど、ホントすまないな」

「そういう時は、『すまない』よりも『ありがとう』だね。困ったときはお互い様だよ」

そう言って自分の席に戻っていった。「恩は着るもの〜着せぬもの〜」という謎の鼻歌を歌いながら。


しかし今日の放課後はお見舞いに行くのではなくマスターへの報告に行く予定だ。なにやら凛音曰《いわ》く今日火曜日は検査の日らしく、お見舞いに来て欲しくないらしい。検査着が見せたくないほどダサいらしい。逆に見たい。そんな乙女心は一生わからないなと思いつつ、まぁ凛音ならそうだろうなという凛音心はわかるんだけどな、と思って少し笑ってしまう。

そんなことを考えていると授業もあっという間に終わる。そろそろ実力テストなのだがそんなもんは僕の人生ではどうでもいい。とはいかないのでそれも予定に組み込みながらスケジュールも考えないとな。そのためには今日の予定をしっかりと終わらせよう。

下駄箱に急ぐ。昨日同様、道中に声を掛けられるが、急いでいるんでという一言でスルーしていく。悠里のお陰で色々な人と話すことができるようになった。いつか恩返ししないとな。とりあえず朝買って拒否られたおしるこを彼の下駄箱に入れておこう。嫌がら……お礼だ。


靴を履き替えて校門を抜ける。喫茶店に向かう前に明日凛音に渡す本を何冊か見繕《みつくろ》おう。僕ができる数少ないプレゼントになるんだろうしさ。そう思い駅前の本屋に入る。この辺りでは比較的品揃えがいい店だ。本屋に入ると見覚えのある人がいた。えっと、なんだっけ、誰だっけ、ここまで出ているんだけどな。しまった、目が合ってしまった。

「あ、久しぶりです、結月さん。今年もよろしくお願いします」

「お久しぶりです、中原さん。お元気でしたか」

そうだ、未夢の高校の副会長の中原さんだ。最近会ってなかったから忘れてた。

「詳しくは聞いてないのですが、未夢さんから結月さんが大変とはお聞きしております。何かできることあれば遠慮なく言ってくださいね。なんなら今から時間ありますか？　本を喫茶店で確認してから帰ろうかなと思っていたのですが、ご一緒しませんか？」

そうナチュラルに心配してそのまま話きくよ！　コースに話を持っていく。何この人チャラい大学生より話聞いてくれるじゃん。

「ありがとうございます、何かの縁ですしね。私も本を買うので十五分後、この店の出口で合流しましょう」

「それはこちらもありがたいです。では後程」

そう言ってお互い別れる。僕は何冊か本を見繕ってラッピングしてもらう。レジから出ると中原さんがすでにいた。

「お待たせしてしまいましたか？」

「いえ、いい感じです。では行きましょう。駅前のカフェでもいいですか？」

「せっかくだし僕の行きつけの店でもいいですか？」

頷いてくれた中原さんを引き連れて行きつけの喫茶店に着いた。が、店の前で中原さんが少し戸惑っている。

「ちょっと渋すぎました？　ほかの店にします？」

「いえ、何かのご縁です。ぜひともここで」

そう言ってドアベルと共に入店する。マスターが僕と中原さんを見つけ、無言で会釈した。初対面には人当たりいいからな、このマスター。借りてきたネコみたいに。

「マスター。ちょっと凛音さんの件、中原さん……友達に説明するので場所借りますね」

「どうぞ、奥の席が空いているからゆっくりするといいよ」

そう言ってマスターに通してもらった喫茶店の奥の席。客もまばらだ。

「中原さんとこうしてゆっくり話をするのは初めてですね」

「そうですね、生徒会の話ばっかりしていたので違和感がとてもありますね。そうだ、うちの末夢さんがそちらの生徒会で常々お世話になっているようで」

「いえいえ、仕事を手伝ってもらって助かりました。こちらこそそちらの生徒会運営というか中原さんにご迷惑をおかけして」

「気になさらずに。末夢さんは私にしかできないことを優先するって飛び出していっていたので」

中原さんが柔らかく笑った。それに僕も少しうれしくなった。

「アイツらしいですね」

「本当に」

そう言ってお互い一度コーヒーに口を付けた。だけどなんで僕のコーヒー、カップに入ってるのにキンキンに冷えてるんだ。中原さんのは湯気出てるから普通のホットなんだろうな。まぁいいやいつものことだ。

おそらく中原さんは僕が言葉を切り出すのを待ってくれている。心の準備の時間をもらえて本当にありがたい。僕はゆっくりとこれまでのことを話した。口外しないで、という前置きと共に。途中、中原さんは少し待ってくださいね、とノートにざっと要点をまとめながら話を聞く。

「ということですね、このままだと、勝利条件が充足しないんですよ。結局は誰かが必ず負けるんです」

僕はその言葉で話をまとめた。一頻《ひとしき》り話し終わるとため息をついた。そして中原さんはペンを手でひと回ししてこちらを見て言った。

「聞きたいんですが、結月さんの勝利条件って誰に勝つんですか？」

僕は返す。

「え？　各々自分の目的が達成するのが勝利ですよね」

「だとしたら結月さんの一人勝ちで他の人は全員敗者にしたいのですか？」

「いや、両者敗北も両者勝利もあると思います」

「だとしたらそれって勝負ごとじゃないですよね。戦おうとするからぶつかるんですよ」

中原さんはペンをもう一度クルリと回した。

「凛音さんは幸福の最大化を目指している。未夢さんも幸福の最大化を目指している。結月さんは凛音さんと寄り添うことを至上命題にしている。ふむ。では仮に結月さんが勝利して未夢さんや例えば悠里さんも全員悲しんでもＯＫですか？」

「いや、そんなことはないですが」

僕は言葉を濁した。

「劇的な、快刀乱麻な、解決策ってこの世の中にはありませんよ。そんなの本やドラマの中だけの話ですって」

　中原さんが新しいページを開いてペンを走らせ出した。

「多分結月さんはこんな感じで考えているんだと思います。凛音さんは未夢さんと結月さんが仲良くする、未夢さんは凛音さんと結月さんが仲良くする、結月さんは凛音さんと仲良くする」

　そう言うと三角に各々の名前を書いて矢印を記載して吹き出しを記入しだした。歪《ゆが》んだ三すくみみたいな図ができた。

「結月さんの言う通りこれだけ見たら全員の条件は満たせません。誰かが笑って誰かが我慢して。その我慢を凛音さんがしているのではないかって」

「端的に言うとそうですね」

「だけど、僕らが生きている世界はこんな二次元平面図では書けない多種多様な矢印がたくさんあって、例えば時間軸、もっと他の登場人物の軸、各々が演じるあるべき姿の軸、どんどん増えているはずなんですよ。答えのパターンなんて千個とか一万個とかではきかないと思いますよ。そして今この瞬間の正解も、一秒後には不正解です」

　そう言って中原さんはまた一口、コーヒーに口を付けた。僕もキンキンに冷えたコーヒーを飲む。僕は考えを巡らせる。そして一つ中原さんにずっと聞きたかったことを聞いた。

「参考までに、参考までに中原さんだったらどうします」

するど、ちょっと動作が止まり、中原さんは最後に書いた矢印だらけのページを切り取り僕と中原さんの真ん中に置いた。

「こうですね」

そういうと紙を握りつぶし、手のひらの中に収めた。そして手品のようにその紙を消した。

「え？」

鮮やかな手際で驚いてしまった。この距離で本当に消えたように見えた。

「ただの手品ですよ。手のひらに隠すパームというテクニック」

そういうと胸ポケットに手を入れてそこから丸まった紙を出した。

「なんにせよ、私が当事者なら、こんなもの全部捨てて無視しますよ。争いごとじゃないんですから。利益の最大化、損失の最小化なんて関係ないです。みんな考えすぎなんですよ。自分の中の正解は競うものじゃないんですよ。皆正解もっているんですから」

そう言って笑った。この人マスターみたいなこと言うんだなと思った。

「部外者だから簡単に言っていますけど、全員苦しいんだとわかっているつもりです。苦しかった、悲しかった、けど楽しかった。幸せだった。それが一パーセントでもあれば、十年経てばいい思い出になりますよ。今の正解が明日の不正解かもしれないし、未来の大正解かもしれないですし」

　ロングショットで見れば喜劇、そんな言葉を思い出す。そうだよな。渦中にいたらそこまで考えられなかった。相談しないと出てこない答えはたくさんあったんだ。一人で千個考えるよりも二人で一個考えたほうがバリエーションが出るんだろうな。

「大人ですね」

「伊達に皆さんよりも歳は食っていませんよ」

　笑いながら中原さんが言った。いつものいたずらっ子のような笑い方だった。


　レジに向かう。中原さんとはお会計でここは私が支払いますす対決があったものの、何とかギリギリ勝って支払い権利を奪った。本当にギリギリだった。あの必殺技が五ミリ左にそれていたら僕が負けるところだった。権利を喪失した中原さんには店の外でちょっと待ってもらい、僕はマスターのいるレジスターの前に向かう。

「あのさ、連れてきた友達はこの店にするって言ったら嫌な顔しなかった？」

　マスターが不思議なことを聞いてきた。

「そんなことなかったですよ」

　僕はよくわからないまま答えた。

「ならよかった、ありがとう」

「何の話ですか？」

「格好いい子だろ？」

「はあ、僕からしたら尊敬できるお兄さんみたいな感じですね」

何の話ですか、と再び聞くとマスターはしばらく考え込んでからこう言った。

「あの子、僕の息子なんだよね」

「は？　うそ⁉」

思いっきりため口になる。

「ホントホント。むかーし離婚してさ、妻が引き取った子だよ。十数年会ってなかったからびっくりした」

「そんな、入口にいるんで呼んできますよ」

僕は駆け出そうとしたらマスターが呼び止めてきた。

「いや、いいよ。もう今日は胸いっぱいだから。向こうも気付いていないかもしれないから。さぁ、早くいかないと怪しまれるよ」

そう言って背中を押された。人にはそれぞれ理由がある。誰の言葉だっけか、今無性にそのことを思い出した。

「お待たせしました」

外にいる中原さんの元に早足で向かう。

「ご馳走様でした、あと、ここに連れてきてくれてありがとう」

なるほど、中原さんも気付いていたんだ。

「マスターからも同じことを言われましたよ」

改めて顔を見る。雰囲気は確かに似ているかもしれない。

「うん、そういうことなんですよ。色々なところで色々な人生が絡み合っているんですよね。知らないところでも。誰一人、人並みな人生なんてないんですよ、覚えておいてくださいね」

「そうですね」

中原さんの言葉、誰一人、人並みな人生なんてない。その言葉を噛みしめる。

「結月さんは今日私の人生に大きな風を起こしてくれました。人間知らないところで人を傷つけているかもしれませんが、このように気づかないところで数多くの人を救っているんですよ。もっと自分のすることに自信をもってくださいね、それじゃぁ」

中原さんは笑ってそう言った。僕は頭を下げてありがとうと伝えた、そして解散した。

僕は僕にしか歩けない人並みでない道を歩くんだ。

第三十五話　受けた恩は石に刻め。かけた情けは水に流せ。

中原さんと語らった翌日。今日は水曜日。今日の放課後は凛音に会いに行く。しばらく生徒会から暇を出されたとはいえ、何もしないのもな、と思い昼休みは生徒会室に行くことにした。多少は雑務をしておいて、皆さんの負荷を下げておこうと思ったのだ。

ドアを開ける。入ると大きな紙が目についた。引継ぎ作業の進捗《しんちょく》スケジュールだ。上から眺めてみる。僕が担当していたところに二重線が引かれて別の人がアサインされている。悠里の名前も多いが庶務や会計担当の名前も多く入っている。現状のステータスをみると、多少の遅れはあるものの何とか進んでいるようだ。僕は一人で戦っているわけではないんだよな。

僕は書類の山から手つかずなものを見繕って自分の定位置の席に移動した。赤ペンを持って端末を立ち上げる。そして資料に目を通しだしたとき、入り口から声がした。

「いやー勝手に資料更新されると困るんだよなー」

そう言いながら悠里が入ってきた。

「とは言え何もしないでいると申し訳なさ過ぎて死んでしまいそうになる」

「そうか、だったらこの引継ぎ手順書のレビューよろしく。印刷しているから家でも電車でもバスの中でもできるだろ。適材適所。できる人ができる場所でしましょうね。今は昼休みなんだし飯食ってリフレッシュしようぜ。休まないとお前が倒れちまうぞ」

そう言って手持ちの菓子パンを一つ分けてくれた。視野が広い。本当人助け好きだな、こいつ。サンキューな、と言ってパンをもらい、くわえながら資料の添削を始める。悠里と雑談を続ける。

「新しい生徒会長もいい感じだったよ。メンバーも大体決まったんで、いい生徒会の卵がまれたよ」

「生徒会って卵生だったんだな」

「そうよ、世の中全部卵生だよ」

「適当にしゃべんなよ」

「お前もだ」

こうやってほぼ一年間無意味な会話を重ねながら生徒会を続けてきた。ずっと続くと思っていた。たまに未夢がいて、帰り道には凛音がいて。テスト面倒だな、とか、次の行事何しようかとか、新しい問題が出てきて全員で頭抱えてと、それが僕らの日常だった。だが、それももう終わるんだ。そう思った瞬間、心が抉《えぐ》り出されるような喪失感を感じる。卒業式や最後の一日なんかじゃなくて、こういう瞬間、日常にこそノスタルジーは潜んでいるんだろうな。気を抜いたら泣きそうになってしまう。だから真面目に仕事を続ける。この昼休みを乗り越えるんだ。まだ、泣くには早すぎる。ゴールはまだまだ、先だ。

学校が終わり病院に向かう。僕はこれまで正解を、勝利条件を、敗北条件を考えてきた。それが最終的には幸せに繋がっているものだと思っていた。だけど悠里の、未夢の、マスターの、中原さんのおかげで感情だけでぶつかる決心がついた。

凛音の手術は来週月曜日。凛音の覚悟は変わらないだろう。絶対に。分かる。だって幼馴染だから。スーパー幼馴染だから。弱っていく自分の姿は見せたくない。最高の状態を最期の思い出にしてほしい。そんな彼女だ。だから好きになったんだ。今日は水曜日。つまりあと会えるのも五日なのだ。

もう病院へのルートは慣れてしまった。慣れたくなかった。電車に乗り、コンビニで時間調整してバスに乗る。そして手持ちの小説を軽く読んで没入しだした頃にバス停に着く。バス停から病院の門まではちょっとだけ歩く。信号のない横断歩道を渡り、病院の門をくぐり、受付で面会票を記入する。

そして僕は今凛音の病室の前にいる。これで、僕はいいのだと思う。僕は歩く道を決めた。僕が歩く道だ。

「やぁ、凛音、元気しているか」

「元気だとこんなところにいないのだよ。ようこそ、ゆづ君」

その割には嬉しそうな顔をしてくれた。

「お見舞いの小説だよ」

「君が来てくれるだけで十分だよ。そして早く未夢ちゃんを迎えに行ってあげてほしいよ」

こちらに目線を合わせずにそう言った。僕は凛音の目線の先に移動して口を開いた。

「あれから考えたんだよ」

「何を考えたの。答えが書いてある問題集を見返すことに意味はないよ」

つれない回答をする凛音に僕は覚悟を決めて話をする。

「問題を解決しようと考えてしまっていた。未夢の文化祭の問題と同じように解決を探ってしまっていた。僕の悪い癖だ」

僕は息を吸って言葉を続けた。

「僕は決めた。凛音のそばにいる。それは僕がそうしたいから。そこに理屈や理論や勝利も敗北も解決もない。僕は凛音のそばにいる」

凛音は僕のほうを見る。僕はその目をじっと見る。そして続ける。

「だけど、凛音の覚悟もわかっている。理解している。多分、凛音の次に。だから僕は手術の前日まで、全力で凛音、君を愛する。だから、その日まで僕は彼氏面もするし、凛音が嫌と言ったとしてもそばにいる。これが、僕の正解だ」

無音の状態が続く。そして凛音が大きく目を閉じた。凛音が息を吸う胸が上下する。

「どうして」

そして開いた目は、悲しい目を、綺麗な目をして言った。

「どうしてそんな辛い道をえらぶの」

「辛くないよ。僕がそばにいたいからだよ。僕が選んだ。だから、辛くない」

「……私は、年末からずっと、その答えを求めていたのかもしれない」

付き合っていた頃の笑顔になった凛音が飛びついてきた。やっと僕はゴールしたんだろう。僕の思いと凛音の思いが重なった。ずいぶん遠回りをしてしまった。だけど、僕らは残された時間は少ない。だから抱き合って、語り合って、笑い合った。お互いのわがままが重なったこれが僕たちの正解なんだ。

「もう何だろう満たされてしまったよ。私に足りないのは何もないよ。時間以外」

「僕だって同じさ」

凛音が強く僕を抱く。僕も負けないぐらい強く抱いた。

「こんなに抱きしめても遠くに感じるのだよ」

「生まれてからずっと、ずっと近くにいたからかな」

凛音が小さく笑った。そして少し腕を緩めて僕に頬ずりした。優しい、柔らかな香りがした。

「そうだ、ゆづ君の好きなCDを一枚持ってきてほしい。ゆづ君に会えなくなっても、ゆづ君の好きな音楽の中で私は生きていきたいのだよ」

「わかったよ、今度のお見舞いで持ってくるよ」

そう言って頭を撫でる。何かをお願いされたということが、約束をできたということが嬉しくて笑いが零れてしまう。

「あのね、バケットリストを作ろうと思っているんだ」

「バケットリスト?」

「アメリカの映画で出てきたんだ。棺桶リスト。死ぬまでにしたいことリストだよ」

凛音は少し涙を浮かべて言った。僕は出来るだけいつも通り言葉を紡ぐ。

「どんなことを書くつもりなんだ?」

ちゃんといつも通り言えただろうか。凛音はニッコリと笑ってから僕に言った。

「最初はさ、オーロラを見てみたいとか、尊敬するピアニストと連弾したいとか、そういうのばっかり書いていたんだけど、書ききってからこんなのじゃないって思うようになったんだよ」

「こんなのじゃない?」

「うん。非日常を達成したいんじゃない。私は、日常の幸せをしっかりもう一度噛みしめたいと思ったんだ。ゆづ君にお気に入りのCDを教えてもらうとか、本を選んでもらうとか、こうしてゆづ君と話すとか」

そう言うと凛音は僕に抱きつきキスをした。

「こんなこととかさ」

照れ笑いをする彼女。そんな彼女をいとおしいと思った。平静を装いながらも僕も多分、彼女ぐらい顔が真っ赤になっているんだろう。

「ゆづ君、私のバケットリスト、私のやりたいことを叶えてください」

凛音は背筋を正してお辞儀をした。

「まかせろ、僕にできないことはないよ」

僕はひざまずいて彼女に答える。彼女は嬉しそうに笑ってくれた。

「ありがとう。だけど私はこのリストを埋めたあと煙のように消えてしまう。存在も、記憶も。だから最後の最後までしっかりと捕まえて、焼き付けておいてほしい」

「手術まで、僕はいままでのスーパー幼馴染で、スーパーな彼氏として全力で凛音を迎え撃つよ」

「手加減しないよ。死に際の私ほど恐ろしいものはないのだよ」

そう言って僕を指さしてきた。僕は受けて立つ、と言い、同じベッドに座った。僕らのストーリー、もうちょっとだけ続くのじゃ。

第三十六話　ゆく川の流れは絶えずして。

カウントダウンは止まらない。願っても、祈っても。諦めても。そして、戦っても。僕は凛音のそばにいることを選んだ。だけど、それも手術の日、日曜日までだ。それは彼女の本当の望みであったから。弱っていくところを見せたくない、心を痛めてほしくないって。人生の最終日を事前に教えてほしいか、ほしくないか。よくある禅問答だ。大半の人は教えて欲しくないらしいが、教えてもらうことで覚悟をして生きることができるというプチトマトみたいな名前の神父もいた、気がする。

凛音は後者を選んだ。僕と最後の日を明確にして、その日までかけて完璧な生涯を作り上げる。そして完璧な幕引きを迎える。彼女らしい姿だと思った。だからこそ彼女に僕は憧れたんだ。

彼女はバケットリストを書き上げたようだ。内容は僕には見せてくれなかった。構わない。何が書かれていようと美しい結末を迎えるのだ。そしてそれは決して悲しいことではない。僕には僕しかできないことを、やりたいことをする。それだけ。スーパー彼氏だから。

翌日の木曜日は病室でちょっとしたパーティをした。未夢と中原さんと悠里も呼んで。未夢は相変わらず僕の隣を陣取ってくっついてくる。それを凛音が僕にしかわからない形で嫉妬しているのを伝えてくる。だからみんなから見えないように布団の中でずっと僕と凛音は手を繋いでいた。未夢が僕に近づくたび手をつねられた。その痛みすら愛おしいと感じた。

悠里はおみやげといって文化祭の時の写真と動画DVDを持ってきてくれた。あのステージの、最初で最後の凛音とのセッションをした動画だ。ポータブルプレイヤーで鑑賞会が始まった。懐かしい音楽が流れ出す。皆で眺めて、未夢が少し、いや、かなり悔しそうな顔をしていた。来年、みんなでセッションできる方法を何とか探すと息を巻いていた。あの時の凛音と二人で映った写真は僕の一生の宝物だ。凛音が幸せであったことを示すには十分すぎるほどの説得力を持った写真だから。

僕は凛音に頼まれていたお気に入りのCDを差し出した。CDは『ハイロウズ』の『ロブスター』というアルバムだ。凛音も気に入ってくれることを祈りながら。

マスターからの差し入れを食べた中原さんが「と、父さん⁉」みたいなリアクションしてくれた。僕一人笑っていたので、経緯を説明すると、みな顎が落ちるぐらい驚いていた。ちなみに中原さんはあれからはまだマスターとは会っていないらしい。家族にもそれぞれ物語があって、みんなそれぞれのタイミングを生きているんだろう。

未夢は凛音との思い出話をたくさんしてくれた。弟が運ばれた時、凛音に助けてもらったこと、そこから仲良くなってずっと連絡をとっていたこと、そこで僕の話を自慢げにたくさんしてくれたこと、そしてだんだん気になってなんとか会えるように悠里と画策したこと。凛音は微笑んで聞いていた。

みんなで話をした。過去も、現在も、未来も。みんなでたくさん笑った。最後だなんて誰も言わない。何もない、いつも通りの会話をして、文化祭の時の思い出話や後日談をして、中原さんが未夢にいじられて、僕がまた空気を凍らせてしまったりして。それを凛音が助けてくれたり、そして、それを惚気《のろけ》るなとさらにいじられたり。

僕らはみんな劇的な人生を歩んでいる。それはクローズアップで見ると誰しもが劇的でロングショットで見ると誰しもが平凡で人並みな人生なんだ。人並みな人生という言葉はロングショットで見ているからであり、ちゃんと人生に向き合えば、クローズアップであれば必ず劇的なドラマチックな人生なんだ。僕は真面目に人生に向き合ってこなかったから、そんなことを言っていたんだ。

人並みな人生なんて存在しない。人生はすべてドラマチックだ。

金曜日は凛音と二人でデートをした。と言っても病院内と中庭、屋上に出ただけだけど。まずは凛音に病院の図書室に案内してもらい、常連の患者さんや病院図書室の管理をしている職員さんと会話をした。凛音は誰とでもすぐに仲良くなれる。それが羨ましかった。だけど僕はそれを羨ましがることしかしなかった。彼女だって天賦《てんぷ》の才としてもらったわけではない。話しかけて失敗したこともたくさんあったと教えてくれた。それでも話しかけることをやめなかった。その努力として今の自分がいる。だからゆづ君も人と向き合うことから逃げなければすぐにこうなれるよ、そう笑ってアドバイスをしてもらえた。

僕は嬉しかった。これをちゃんと実践して僕も誰とでもすぐ仲良くなれるようになれば、それは僕の中に凛音が生きているということになる。こうして僕は僕だけでなくなるんだ。

廊下を抜けて中庭に出た。凛音はプレゼントしたCDを聞いてくれたと言ってくれた。何曲目がよかったかを言い合った。僕は十トラック目の『千年メダル』が好きだと伝えた。私も、と彼女は言ってくれた。嬉しかった。そんな話を中庭でしていると小児病棟の子供たちが凛音を見つけると駆けつけてきた。彼女は嬉しそうに接していた。子供たちに囲まれる凛音に、来ることのない未来の僕たちが見えた気がした。

「私、ずっと昔から子供ができたら名前決めていたんだ」

凛音が言った。

「どんな名前？」

「二人から一文字ずつ取るの。女の子だったら結音《ゆいね》、男の子だったら凛月《りつき》」

恥ずかしそうにそう答えた。僕はうれしいのに泣きそうになった。彼女の中ではずっと昔から僕と結婚することが確定事項だったようだ。だけど、それはもう、叶わない。バケットリストに書かれていたとしても、叶えられない。だけど、その気持ちが嬉しかった。

最後に屋上へ出た。屋上ではもう夕日が落ちようとしていた。ベンチに二人寄り添い、ただただ体を寄せ合った。僕たちの時間もゆっくりと落ちようとしている。無言でベンチに座り過ごす時間。何も生み出さず、何も消費していないこの時間がこんなにも贅沢なものだったんだなんて。

帰りたくない。そう思った瞬間、放送が聞こえた。面会時間がもうすぐ終わるというアナウンスだ。僕が死ぬときもこんな感じに唐突に終わるのだろうか。僕は凛音とともに病室に戻る。二人とも無言だった。

しばらくすると凛音の両親が入ってきた。いつもありがとう、今までありがとう、そう言ってくれた。僕は助けてもらっているのは僕です、と答えた。両親と凛音、僕で面会時間ギリギリまでたくさん話をした。幼稚園のころの凛音の話を聞かせてもらって、やめてーと顔を真っ赤にして止める凛音。幸せな時間だった。

もし、なんて言いたくないけれど、僕らの人生がずっと続いて、ひょっとして結婚なんてすることになったりしたらこんな空間があったんだろうな、結婚の挨拶とかもドキドキしながらお父さんにしたのかな。そう思うと感情が揺れ動くので、何も考えないようにした。

帰りは凛音の両親の車で送ってもらえることになった。車内では、お母さんが泣きながら謝っていた。もう少し体の強い子に産んでいたら、凛音にも結月君にもこんな思いをさせなかったのに、と。僕は凛音との約束を伝えた。手術の前日までしか、彼女の希望でそばにいられない。いないことにしたと。両親も納得してくれた。お父さんは最後に一言、「万が一のことがあったら、その時は必ず来てほしい」とだけ。僕は黙ってうなずいた。声を出すと声以外が漏れ出てしまう気がしたから。

家に帰ると僕の母親と父親がいた。二人は凛音のことを全て知っていたようだ。体調のことも、転校の理由も。見えないところで色んな気遣いもあったんだ、と知った。この先も無意識に人を傷つけることもあるだろう。そしてそれに気づかないこともあるだろう。だけど無意識に人を救っていることもあるだろう。それを意識して生きていきたい。そう思って布団に潜り込んだ。怖くない、何も怖くない。

そして土曜日になった。僕が凛音と過ごせるのは、あと二日だ。

第三十七話　人の優しさに触れることで自分の愚かさを知る。

終わりがある絶望と終わりがない絶望。確かに終わりがない絶望のほうが辛いのかもしれない。そんなことを思いながら僕は今病院に向かっている。寒空の空気を吸い込むと僕の心の中の不快な腐敗した腐海《ふかい》をすっきりとさせてくれる。僕の全てを浄化してくれ。清めてくれ。

クローズアップすれば多色でグラデーションな人の群れもロングショットではただの群衆なんだよな。

町を歩く人たち。それぞれの人生があって、出会いや別れが並列処理で動いていると考えたらその情報量はどれぐらいなのだろうか。適当にぼやかして生きること、解像度を下げて生きないと人生苦労するだけだよな。それでも人生の中で、解像度を上げて、全力で立ち向かわないといけない瞬間があるのだろう。少なくとも僕にとっては今なんだよな。全力で向かえば、多少はいいカードを回してくれよ、神様。だけど僕は知ってる。神様は嘆いている時はどこにもいない。感謝する時だけ、そばにいる。

駅の改札を通る。ホームに降りる。ゆらゆらと電車は揺れながら定刻通りに進んでいく。滑り込んだターミナル駅で降りてコンビニへ向かう。今日は土曜日。朝ごはんを食べずに出てきたので何かしらパンでも買おうかしら、と。


「ゆう君、朝ごはんなら買っておきましたよ」

後ろから自然に未夢が出てきて飛びついてきた。

「神出鬼没だな、未夢、おはよう」

「私はどこにでもいますし、どこにでもいないのです」

「遍在すんなよ」

神様かよ。

「私はゆう君のそばにしかいないので、どちらかと言えば偏在ですかね。あと私の分も朝パン買ったので、病院の中庭で食べてから面会に行きませんか？」

時計を見る。今ならひとつ前のバスに乗れそうだ。それに乗れば確かに面会時間前に到着するので時間ができそうだ。

「じゃあそうしようか。今日は天気もよさそうだし」

ちょっと早足でバスに乗り込み病院に向かう。バスの中での僕らの口数が少ないのは公共交通機関の中だから、だと思っている。そういうことにしている。バスが病院に向かい坂を上りきる。バス停に滑り込む。人が雪崩降りる。僕らは最後尾で降りる。バスの出口の階段をぴょんと飛び降りようとする未夢の手を取る。未夢が小さくありがとうと言った。

「まだまだ寒いですね」

そう言ってぴょこぴょこと前を歩く。荷物持つよ、と言おうとした瞬間、状況を把握する前に体が動いていた。未夢の手を全力で引っ張る。

「あわわっと」

未夢はびっくりしている。後ろから抱きしめる形となった。その瞬間、目の前をタクシーが駆け抜けていった。前に僕が原付にぶつかりかけた道だ。この病院前の横断歩道なんとかならんのかね、病院前で病院送りにされるぞ。

「ありがとうございます、すみません、舞い上がっていました」

「気をつけろよ、二人分のお見舞いになんて行きたくないから」

「お見舞いに来てくれるのですね」

「そりゃな、一応な」

「一応でも嬉しいですよ」

「んで、そろそろ離れてくれないかな」

「時間稼ぎしてたのばれましたか」

そう言ってまたぴょこぴょこと歩き出す。そのまま門を抜け、中庭に着いた。

僕は近くの自動販売機まで行き、ホットの紅茶を買ってベンチに座る未夢に渡す。未夢はパンを差し出してくれた。

「これ、うちの実家で採れたシュガードーナツです。どうぞ」

「お前の実家すごいな」

寒空の下、そんなお互いの冗談すらも上滑りする。未夢は手袋越しに紅茶で手を温めている。中庭の人はまばらだ。病院では朝の仕事で職員があわただしく働いている空気を感じる。未夢が差し出してくれたドーナツにかじりつく。未夢も同じようにパンにかじりついた。リスのようにもぐもぐと食べる彼女。そして横で黙々と食べる僕。外からはどう見えているんだろうか。ふいに未夢が言った。

「明日、最後ですね」

僕は何も返せない。返す言葉がどれも間違っている気がするから。黙り込んでしまう。逃げ込んでしまう。ガサガサとお互いのパンを包んでいたビニール袋の音が響く。遠くで救急車が近づいてくる音がする。気のせいか病院もあわただしくなった気がする。紙パックのオレンジジュースにストローをさし、口を付けて飲む。口の中のドーナツと、自分の気持ちを胃の中に押しやるように。ドーナツと一緒にこの気持ちも消化してくれよ。

「私はですね」

未夢が言葉を紡いだ。

「私は明日ゆう君に告白をします」

淡々と話が続く。救急車が到着したようだ。サイレンが止まった。

「ゆう君が嫌だと言っても、もし私から逃げたとしても明日、私はゆう君に告白をします」

彼女は続ける。

「そしてもし、凛音さんを追い続けるといっても、私のことを嫌いだと言っても私は諦めません。何度でも何度でもゆう君が望む私になって告白します。私があなたの人生を塗り替えます」

僕は空になったジュースに口を付ける。空っぽの自分に空っぽのジュースが流れ込む。

僕は言葉を切り出す。

「この先さ、未来に待ち構えている絶望からさ、僕を救ってくれる希望は、未夢なのかもしれない。だけど君といると凛音を思い出すのかもしれない、それもまた、絶望なのかもしれない」

未夢が僕に手を重ねてきた。

「私はですね、絶望から救ってくれたのは凜音さんでした。そして凜音さんから聞かされるゆう君に、他人の人生に向き合えるゆう君に憧れて、会ったこともない人に片思いを続けて、生徒会で会えるのを楽しみに生きてきました。それが希望でした。最初は自己紹介で滑るし、いきなりおしるこを大量購入しだすし怖かったですけど、すべて繋がったとき、私の中のゆう君のピース全てがはまったとき、私の人生の目標になったんです。人生諦めてもあなただけは諦めないです。何があっても凜音さんを超えて私はあなたを迎えに行きます」

「ありがとうな、明日心が折れた僕を見たら気が変わるかもしれないだろうけどさ」

「私の片思いを舐めないでくださいね」

そうして僕に体重を預けてきた。ぬくもりと重みが伝わる。九時のチャイムが病院に響いてきた。面会の開始時間だ。僕は立ち上がる。時間は有限なんだ。目の前のことに全力を出せないやつに神様はいいカードを切ってくれない。

第三十八話
煙が空に消えるがごとく、辛い日々の記憶もいつか消える。と信じてる。

四階の病室まで歩いていく。待合室や談話室ではお見舞いに来た家族が談笑をしている。いつもより少しにぎやかな廊下を潜り抜けて部屋に向かう。ノックをするとどうぞと言われドアを開ける。僕と未夢は凛音に迎え入れられた。

「凛音、おはよう」

「おはようなのだ、のこのこ女の子を連れて来たな、浮気者め」

「いいじゃないですか、もうすぐコレもらっちゃうんですから」

「だけどまだ今日は私のものなのだよ」

あのね、モノ扱いしないでね、あとリアクションに困る会話を目の前でしないでね。

「そうだ、未夢ちゃん、この本借りてきてくれてありがとう。これで最後だよ」

そう言ってうちの高校の図書室の本を未夢に渡した。

「また、いつでも言ってくださいね」

「またがあれば、ね」

僕は二人分の椅子を出した。そして三人で話をした。未夢と凛音がずっとやり取りしていた僕の知らない僕の話や、凛音と僕がしていた未夢の知らない未夢の話など。凛音は彼女が見てきた思い出を僕らに伝えようとしてくれている。未夢は必死に知らない僕の話を聞いてくれ、僕は知らない未夢の話を聞きつづける。

「ゆづ君はね、私のヒーローなんだよ。傷ついたとき、倒れそうになった時、最初に手を差し伸べてくれるのはいつもゆづ君だった。だから私はあなたに見合うだけの幼馴染、スーパー幼馴染になろうと戦ってきた、戦ってこられたのだよ。ピアノもそのためなのだよ。だけどこの先薬の副作用もあってうまく弾けなくなっていくと思う。それは私にとっては許せないことなのだよ。妥協できないものを妥協したくないいんだよ」

凜音はそう言った。僕も返す。

「凜音、君はね、僕の憧れだったんだよ。幼稚園の時からずっと目標にまっすぐで、ピアノを弾く美しい姿に見とれたし、そしてそこには一切の妥協もない精神に僕も見合う人間になりたいと思ったんだよ。僕の憧れそのものだよ」

「私が妥協しなかったのはピアノじゃないのだよ、ゆづ君、君になのだよ」

「あの、私の前で惚気ないでもらえますか?」

ようやく未夢が止めにかかってくれた。

「違うよ未夢ちゃん。次は君が私を超えないといけないのだよ。だからしっかり私を覚えていてほしいのだよ」

「私は私でゆう君に立ち向かいます。もちろん、努力もしますけど、私は凜音さんの代わりを目指すわけではありません」

「いい精神なのだよ。だけど、どの道も私に通じているんだよ」

「ラスボスみたいですね」

笑いそうになる。未夢、多分そのラスボスには一生かかって戦わないといけなくなるぞ。
「未夢ちゃんは知らないかもしれないけど、死んだ人間に勝つことが一番難しいのだよ」
そう笑った。僕も笑った。笑うしかなかった。

正午が近づいたとき、凛音が検査のため僕と未夢は退室した。未夢はこのまま出かけるらしく、ここで別れることとなった。僕は一人病院の食堂に行き、若者向けではない食事をとった。こういう食事のほうが長生きできるのかね。なんだかそれはそれで悲しい気もするな。なーんて思いながら中庭で缶コーヒーを煽る。コーヒーはのど越し！　とか思ってたらおしるこを勢いよく飲んでいた凛音を思い出して少し笑んでしまう。こんな些細な思い出もいつか消えてしまうんだろうか、それとも溶けて自分と一つになってしまうのだろうか。個人的には後者のほうがいいな。色々な人が溶け合った人間になりたい、だなんて。けどわからないや。とりあえず今は今を生きないと。

軽やかに中庭でため息を吹いていたら子供に話しかけられる。こないだ凛音姉ちゃんといた人だーって。僕は少年にそうか、凛音と仲良くしてあげてくれよな、という。まかせとけ！　と叫ぶようにいう少年。頼んだぞ少年。僕はもう、明日が最後なのだから。

検査が終わったであろう時間に病室を再訪すると点滴につながれた凛音がいた。細い腕に刺さるチューブに、そこから少し見える赤い血に心が痛くなる。

「そんな顔をしないでほしいのだよ」

凛音の声がちょっと弱々しく聞こえた。僕は両手を広げ彼女のほうを向いた。

「何ぼーっとしているのだよ、早くこっちへ来るのだよ」

僕は言われたままに凛音のもとへ行く。

「朝はだめだよ、未夢ちゃんの匂いをつけて部屋に来たら。私だって嫉妬するのだよ。今から私の匂いで上書きをしてあげるのだよ」

凛音は僕にもたれ掛かる、しばらく無音の時間が続く。点滴が落ちるのを二人でただ眺める。

「なぁ凛音、バケットリストにはあと何があるんだ？」

「大体はもう終わっているよ。私が書いたのは三つ。ゆづ君と日曜日まで恋人として過ごす。日曜日まで生き抜く。あとは秘密の一つ。その三つだけ。それが私の望みなんだよ」

握る手の力が強くなる。

「ゆづ君、明日は十三時に来てほしい」

「午前は何か予定があるのか？」

「うん、それがバケットリスト最後の一つなの」

そう力なく笑う彼女に僕はかける言葉が見当たらなかった。


高校生になったとき、なんでもできるような無敵感を感じていた。できないことはないと思っていた。できないことは夢を諦めた大人の言い訳だと思っていた。生徒会に入ってできないことが少し出てきた。だけど悠里となら何でもできると感じていた。実際できた。だけど、何もできない。人は生死の前では無力だ。


凛音としばらくただ落ちる点滴を眺めていた。

「夢を見るの」

彼女はポツリと言った。

「学校に行って、ゆづ君や悠里君と勉強して、図書室で恋愛小説を借りて、ピアノの練習をして、夜は未夢ちゃんと電話して。そして布団に入ったときに気づくの」

彼女はつないだ手をにぎにぎとしながら話した。

「あ、これはもう二度と手に入らない日常なんだって。その瞬間、とてつもない恐怖が押し寄せるの。どんな恐ろしい夢よりも日常が喪失するこの夢が怖いんだって。そしてそれを助けてくれるゆづ君もいない」

僕は震える肩を何も言わず抱きしめる。凜音が未夢にそうしたように。今必要なのはずっとそばにいるとか、大丈夫とか、そんな言葉じゃなく、ただ抱きしめるだけなんだろう。お見舞いに来てから初めて凜音が大泣きしていた。やっと彼女が感情をぶつけてくれた気がした。

第三十九話　初恋は叶うことはない。

朝目覚めた。今日が来てほしくなかった。子供みたいに泣き喚《わめ》いたら人生ゲームのマスのように振り出しに戻してくれるのか、なんかのアニメみたいに第一話に戻してくれるのか。そんなことはないことぐらい僕は知っている。今日は凜音との最後の日だ。

午前中はいつもの喫茶店に行き、マスターに報告した。マスターは「もし仮に間違った選択をしていたとしても、自分で決めたという黄金の理由があれば、後悔は少ないはずだよ、正解の選択だったとしても、自分で決めなかった場合は後悔が残るのだから」と言ってくれた。僕は今、自分の決断でここに立っている。誰にもこの黄金の決断を誰にも渡しはしない。

マスターはいい言葉とは裏腹にコーヒーカップに入った冷や汁を僕の前に置いた。なぜだ。説明がないとこの液体は怖いな、と思ってたらドアベルが鳴った。

しかし、視線の先にいたのは中原さんだった。照れくさそうに笑い、僕の隣に座った。

「今日はどうしたんですか？」

僕は中原さんに言った。

「父に会いに来たんですよ」

中原さんはそう答えた。マスターが照れくさそうに笑った。

「そうですか。今その父親と呼ばれる人からコーヒーカップに入った冷や汁を提供されているんですよ。そんな子供心が抜けない方ですが、相談にも乗ってくれるいざというときに頼りになる人ですよ」

そう言ってその冷や汁を一気に飲み干した。食道を冷や汁が攻め立てる。

「私は飲み切ってしまったので帰りますね、あとは仲良く」

そう言って席を立った。この空間では僕はノイズのはずだ。また今度、どんな話をしたか聞いてみよう。この人生の楽しみが一つ増えた。生きるということはそういうものなんだろう。少し先の楽しみを積み上げて暮らしていくことのはずなんだ。

時計を見ると程よい時間になっていた。僕は花屋に向かい、予約していた花束を受け取る。そして電車に乗っていつものあの場所へ向かう。今日は視線も感じないし一人でゆっくり行けそうだ。

いつも通りの電車、いつも通りのバス、いつも通りの病院に着いた。いつも通り面会票を記入すると看護師さんがいつもと違うことを言った。

「羽下さん、今日は病室ではなく、こちらの部屋に水無瀬さんがいらっしゃいます」

そう言って紙に三階の部屋までの道が書かれている紙を渡される。とりあえず「ありがとうございます」と受け取って地図を片手にその部屋を目指す。適切で丁寧な地図のお陰で間違わずに着く。ノックをする。どうぞといつもの声がした。ドアを引いた。


そこには、いつもとは違う凛音がいた。真っ赤なドレスに身を包み、髪もしっかりとアップにまとめて背筋を伸ばして立っている。入院する前のような凛とした立ち居振る舞いで僕を待っていてくれていた。まるで、病気なのは嘘だったというように。

早く僕にドッキリと書いた看板を持って出てきてくれよ。今なら怒らないから。誰か、早く。

「ゆづ君。今までお見舞いありがとう」

凛音、そんなこと言うなよ、まだ今日は残っているよ。

「私はバケットリストに三つの項目を書いていたのです」

「一つは、今日までしっかりとゆづ君の彼女をやり遂げる」

「一つは、最低限今日までしっかりと生き抜く」

そしてにっこりと笑ってから最後の一つを告げた。

「一つは、ゆづ君だけに私の最後の演奏をプレゼントする」

そう言うと凜音は一礼して後ろのグランドピアノに向かって歩き出した。僕は近くにあった椅子に腰かける。これから始まる音は一音たりとも聞き逃さないんだ、忘れないんだ。録音や録画なんてしなくていい。全部僕のものだ、僕が凜音の生きた証を受け取るんだ。

凜音が鍵盤に指を広げ、一音鳴らしてそこから演奏が始まった。聞き覚えのある曲。この曲は確か僕が初めて凜音の発表会に行ったときに聞いた曲だ。彼女もこの曲を大事にしてくれていたんだ。最初から感情を揺さぶるじゃないか。

凜音を見る。僕と違って本当にうれしそうに楽しそうに鍵盤の上で指が飛び跳ねている。この姿を封じ込めたい。そんな人がカメラを発明したんだろうか。演奏は終わるなと願っても進んでいく。時間のように、止まらない。人生のように、止まらない。

そのまま中学校で歌った合唱コンクールの曲が始まった。同じクラスになって凜音がクラス代表のピアノを弾き金賞を取った思い出の曲だ。あの時の彼女はヒーローだったし、それが僕も誇らしかった。凜音が僕の顔をちらっと見て少し笑んだ。

そして凜音の最後の演奏会の曲を挟み、そのまま文化祭で演奏した曲につながった。僕と凛音の最初で最後の合作だった。思い出が僕を殴りつける。まだだ、まだ泣くんじゃない。あの時、彼女は絶対的な正義である楽譜通りに弾き切った。今日は多少のアレンジを加えながら本当に楽しそうに弾いているが、その笑顔とは裏腹に涙が一筋流れている。顔で笑って心で泣いて。僕は顔で泣いて心で笑って。似たもの同士の二人だったんだろう。

そして最後の節に入った。このコンサートももう終わりなのだろうか。終わるな、終わってくれるな、僕の寿命でもなんでももっていっていい。この空間をほんのすこしだけでも伸ばしてくれないか。

最後の一音が響き渡り、ゆっくりと空中に霧散しようとしている。

その刹那、次の音が響いた。凛音のピアノから初めて聞く音。だけど僕にとっては聞き慣れた音だ。この前凛音に渡したアルバムに入っていた曲、『千年メダル』だ。

そして弾けるようなピアノに合わせて凛音が透き通る声で歌いだした。

『永遠に君を愛せなくてもいいか　十字架の前で誓わなくてもいいか』
『守れそうな約束と　気のきいた名ゼリフを　今考えているところ』
『たとえば千年 千年じゃ足りないか　できるだけ 長生きするから』

千年でも足りないのに、千年でも足りないのに。凛音の好き通った声が響き渡る。そして曲のゴールに到達した。凛音は大きく息をつき、立ち上がり、僕に一礼をした。僕は立ち上がって拍手をした。そして凛音の前に行く。

「凛音ありがとう。この気持ちを表現する言葉が、僕の辞書にも多分世界中の辞書を探しても見つからないよ」

「ゆづ君。これで本当に私の最後の演奏が終わったのだ。ゆづ君は趣味でもいいのでギター、続けるといいことあるかもしれないよ」

「凛音、そのままでちょっと待ってくれ」

僕は紙袋から持ってきたバラの花束を取り出した。凛音のドレスと同じ真っ赤なバラの花束だ。

「凛音、僕は君のことが好きだ。僕の憧れで、目標で、人生そのものだった。だから、僕は君と同じ道を歩いていきたい。これまでも、この先、も。『千年メダル』みたいに千年は生きられないけど、僕のメダルを凛音に受け取ってほしい」

小さく息を吸った。

「僕と、結婚してほしい」

花束を差し出す。凛音は立ちすくんでいる。そしてポタポタと涙が床に落ちた。

「ずるいよ、ゆづ君。私の答えわかっているくせに。私が今から本心とは真逆の答えをすることを知っているくせに」

「それでも、わかっていても、僕は君に今日、プロポーズをするつもりだった」

「あー、幼稚園の私に伝えたいよ。君は十七歳で大好きな幼馴染からプロポーズをされるって。君の将来の夢、ゆづ君のお嫁さんになることは叶えることができるって。だけど」

凛音の涙がまた一つ床に落ちた。

「だけど」

凛音の言葉が詰まる、震えている。花束を受け取ってくれた。

「だけど、十七歳の君はそれを断るんだって」

凛音の手が震えて瞬間僕に飛びついてきた。

「ごめんなさい、ゆづ君の気持ちには答えられない。私は幸せの総量が多い道を選ぶ。私と好きな人の数か月の幸せよりも、好きな人同士の何十年もの幸せを選ぶの。だから、ゆづ君。君が告白する先は私じゃない、のだよ」

「凛音にプロポーズして失敗するだなんて、過去の僕には信じてもらえないだろうな」

「いじわるなことを言わないでよ、ゆづ君。そういうとこズルいのだよ」

僕はドレス姿の凛音を抱きしめたまま言った。この凛音の感触は死ぬまで忘れない。

「私の人生は、私の人生は、無意味じゃなかった」

彼女は僕を抱きしめながら、確かにそう言った。

その後、しばらくして未夢が入ってきた。僕ら二人を見るなりいきなり大泣きをしだした。花束を持った凜音と僕を見てどうしてこの二人がこんな結末を迎えるのかだって。そんなの神様にでも聞いてくれよ。僕らは今、カーテンコールに向けて歩いているんだ。これ以上感情を乱させないでくれ未夢。そして未夢は凜音とのツーショットの写真を撮ってくれた。結婚式みたいだな、なんて言おうとして、やめた。

未夢も凜音と二人の写真をとった。未夢は凜音の髪やドレスの準備をしてくれたそうだ。姉妹のように見えた。人生において、この先これほどの関係性の友人なんて僕にはできないんだろうな、そう思った。

凜音が着替えるので、僕は一人凜音の病室で待っていた。誰もいない病室で一人。空のベッドにベッドサイドには恋愛小説に、僕が渡した『千年メダル』が入ったCD、凜音の読書眼鏡が置いてある。抜け殻のようだ。こんなこと考えたくないけど、凜音が死んでしまった後の光景のようで吐き気がしてくる。残された時間はあと少し。

これでいいんだ。これでよかったんだ。

第四十話　大きな夕日が落ちてくる日に。

抜け殻のベッドを見ながら打ちひしがれていたら背後から声がした。

「おまたせしたのだよ」

そう言って凛音が入ってきた。凛音は高校の制服を着ていた。少し照れた凛音がそこにいた。

「最後のお色直しなのだよ。私と、ゆづ君の最後の姿はこの格好がいいかなと思ってさ」

凛音はくるっと回った。ひらりとスカートが揺れる。遅れて黒髪が揺れる。

見慣れていたはずの姿だったけど、入院生活でやせてしまったのか、制服の肩が少し落ちていたり、袖から覗く腕が以前より細く見えたり、凛音がすこし小さくなったことを示しているようで単純には心が躍らない。

僕はその気持ちを振り切り、凛音のもとに向かう。こちらに向かってきた凛音に向き合い、ベッドに戻る凛音の手を取った。冷たい手を握りベッドまでエスコートする。二人でベッドに座り、僕たちは話をした。お待たせしたお礼だよ、といって凛音はおしるこの缶を差し出してくれた。これ、なんでどこでも売っているんだろう。普段はあまり見ないものだと思っているんだけど。

そんなことを思いながら受け取ると同時に凛音から告白された時を思い出した。覚悟を持って僕に告白した凛音。その時の強い意志はこの別れの時でも変わらなかった。だからこそ、ぼくは今隣にいることを選んだのだろうな。

凛音も「思い出のおしるこだね。告白の日に私におしるこをくれたよね。あの時のおしるこを今返すのだよ」と笑った。僕は苦笑いをしながら受け取った。そんなスタートで始まった凛音との雑談が続く。その内容は高校で話したような、ただただいつもの中身のない話だった。数か月後には忘れてしまうような日常会話。一つ違うことといえば、僕はこの話を忘れることはないということだろう。

「とあるアーティストの曲で『世界の終わり』というのがあってね」

僕は夕日になる太陽を見ながら話し出した。

「うん」

凛音は僕に体を預ける。

「世界の終わりをパンを焼きながら紅茶を飲んで待っているという歌詞があるんだ。初めて聞いたとき意味がわからなかったけど、今になってわかった気がする。凛音が日常を欲していたように最後の瞬間、こうして日常で迎え撃つことは本当に幸せなことなんだね」

「そうなのだよ。私は本当に幸せだった。幸せ者だったのだよ。やりたいことは全部できた。ピアノもいっぱい弾いたし、初恋の人とセッションもできた。告白もした、付き合えた。そして最後はプロポーズもされた。そして、最後はゆっくりと高校生としての日常を満喫しているの」

しばらくその状態で時間だけが流れていった。凛音がせーの、と小さくいって体を離した。空気がだんだんと変わっていくのを感じている。もう僕たちはゴールの手前にいる。何ならここがゴールですと宣言すればもう終われるアディショナルな時間を過ごしている。だけどどちらもここがゴールだとまだ、認めていない。

凛音が息を吸った。そして声を発した。

「面会時間が終わったら病院の門に行くのだよ。そこに未夢ちゃんが待っているのだよ。迎えに行って、手を取るのだよ」

僕は返事に戸惑った。

「困らないでほしいのだよ。最初からその約束だったはずなのだよ。……そうだ、こうしよう」

そうして凛音は胸ポケットから手帳を取り出した。

「ここにバケットリストがある。私のやりたいことリストはさっきのコンサートで全部チェックがついてしまった。だけど、今から一つだけ追加しようと思う」

凛音はベッドサイドから青色のペンを取り出してリストの一番下に追加をした。

『ゆづ君が、私にしたくらい未夢ちゃんを大事にしてくれますように』

「私にしたぐらい優しくしてあげてね、泣かせたりしないでね」

「そんなことを言っている凛音が今、泣いているじゃないか」

「泣きたくもなるよ」

凛音はバケットリストを引きちぎり、僕に両手で差し出してくれた。

「ちゃんと達成してください。それが私からの最後の、最期のお願い」

そう言って震える手でリストを差し出した凛音。僕はその凛音ごと抱き寄せた。

「私ごとじゃなくてリストだけ受け取ってもらえればいいのだよ」

「じゃあ無理にでも離れればいいのに」

「そんないじわる言わないでよ。そんないじわるなゆづ君は未夢ちゃんにあげるのだよ」

「凛音、ありがとう、大好きだった。世界で一番そばにいられて僕は幸せだった」

「ゆづ君、ありがとう、私もだよ。世界で一番そばにいられて私も幸せだった」

僕たちは抱きしめ合った。陳腐な表現だけど、抱きしめても抱きしめても距離が足りない、もっと近づきたい、そう思った。

凛音が僕から離れた。そして言った。最後の時間に向けて秒針は止まらない。

「私とゆづ君の物語にはエンディングテーマの後のCパートもアンコールもない。これでおしまい。もうすぐ面会時間終了のアナウンスが鳴る。それが終末のラッパなのだよ」

Seize the day。目の前に全力で生きていかないと、クローズアップな人生を送れないんだ。人並みな人生だと言って、自分の人生を一歩引いてロングショットで見ていた僕。そりゃ何も起きない平穏な人生だよ。クローズアップで見ないと人生の彩《いろどり》は見えないのだ。人生を真面目に生きたこの期間。確実に僕の人生は人並みでも平穏でもない、誰にもない、誰のものでもない、劇的な、ドラマチックな人生だった。だけど、それももう終演が近い。チェーホフの銃も撃ち尽くされた。

僕らの時間は終わりを迎えるのだ。凛音の計画通り、予定通り、予定調和の最高潮で最高な状態で僕との恋愛に幕引きを迎えるのだ。

エピローグ　物語の終わりなんて、だいたいこんな感じかな。

希望とは何か。祈りの言葉かな。未来の可能性の事なのだから。

絶望とは何か。祈りの言葉かな。未来の可能性を願う事なのだから。


私の名前は水無瀬凜音。遠くまで私の名が響き渡るように凜とした音、凜音と名付けたと母から聞いている。私はこの名前が好きだった。私の幼馴染がきれいな名前って言ってくれたから。由来なんて関係ない。そんな単純な理由だ。

私にはその幼馴染がいる。私の人生の目標だった。私はこの人と一緒になるために生まれてきたのだと思っていた。嫌いだったピアノも彼が感動したと言ってくれたから好きになった。彼の一言で全てが超越した。私の自慢の幼馴染だった。ずっと未夢ちゃんにも自慢をしていたら、未夢ちゃんも気に入ってくれた。嬉しかった。


「ゆづ君、面会時間も終わりだね」

私はベッドの上から隣にいるその幼馴染のゆづ君にいつもの笑顔を作って言った。まだ、泣いちゃだめだ。私の人生はこのイベントで完成するのだから。

「そうか」

ゆづ君は私の頭を撫でてくれた。ずっと、この時間が続けばいいのに。このまま死ぬことができればいいのに。

私は伏し目がちになり、言葉を探す。

「今日までお見舞いありがとう、このドアを開けてくれたゆづ君は私のヒーローだったよ」

何とか私笑えているかな。

「凛音あのさ、」

「時間だよ」

私は言葉を遮った。ゆづ君が言おうとしていることも言いたいことも、本心も全部わかっているつもりだ。今初めて幼馴染であることを後悔してしまった。こんなに心が通じるだなんて。

館内では面会時間終了のアナウンスが流れている。ゆづ君は何もかも悟った顔をして出口に向かう。強がらなかったらよかった。自分の感情をゆづ君にぶつければよかったのかもしれない。

「ありがとう、きっと人生で一番好きだったよ」

彼は振り返らずにそう言った。

「ありがとう、ゆづ君。私だって君に負けないくらい好きだったよ」

最後の私の正直な気持ちだった。ドアが閉まる。この病室はここで時間が止まるんだ。

あー私の人生、最高だったな。憧れられる幼馴染がいて、一緒になれて、最後に手を差し伸べてくれて。そして、最高潮で私の人生は幕を引く。

「せめて、せめて、これから先あなたが後悔しませんように」

私はそう呟いた。走るのだよ、ゆづ君。あなたの人生はここからなのだから。私なら大丈夫だよ。


この感情が思い出に変わる頃には、私はもうここにいないんだから。

カーテンコール

あの時私を救ってくれた図書室の本。まだ誰かを救っているのかな。

全身の痛みと悪寒《おかん》で目覚めた。あれ？　なんで？　何をしているんだろう。だんだんと状況を把握する。見慣れないベッドの上。腕には点滴が刺さっていた。左足が動かない。力を入れると激痛が走った。ぼんやりとした視界にギブスでガチガチになっているのが見えてきた。しばらくすると周りが賑やかになってきた。お母さんが私のそばに来た。泣きながら何かを言っている。まだちょっとよくわからない。私はなんでこんな状態になっているんだろう。だんだんと記憶が整理されてきた。

そうだ。私、武川未夢はあの日、病院の門でゆう君を待っていたのだ。

凜音さんとの最後の時を迎えたゆう君に私は告白をする、そう宣言をしていた。病院の門でゆう君を出迎える予定だった。面会終了のアナウンスが流れ出した。終末のラッパが鳴り響いたのだ。少ししてからゆう君が病院の出口から出てきた。私は病室のほうを見上げる。凜音さんがこちらを見ていた。私は目線を逸らしてしまった。ゆう君が私の前に立った。「お待たせ」と言ってくれた。

私は、どんな言葉をかけるのか、かければ正解なのか、なにも浮かばなかった。すぐに告白するつもりだった。抱きしめるつもりだった。泣いてもいいんですよ、というつもりだった。だけど、大きな感情を抱えている人を前に私は無力だった。

私は無言で手を取り歩き出す。少しずつ話をする。そしてバス停まで歩く。私は決心をした。このままじゃ何も変わらない。何もしないまま後悔していくのは、これ以上は嫌だ。

あと一歩歩いたら振り返り、ゆう君に告白をするんだ。

そう決めて足に力をいれて翻《ひるがえ》った瞬間、ゆう君が私を抱きしめてくれた。あぁ、こんなこと前にもあったな。

そうだ、この交差点だ。あのときも、車が急に通ったんだっけ。

そこで記憶が途切れている。多分、そこで交通事故にあったんだろう。お母さんの声がだんだんと聞き取れるようになった。私はどれぐらい眠っていたのかを聞いた。私は三日ほど眠っていたらしい。

そしてお母さんに、ゆう君は、一緒にいた人はどうなったのかと聞いた。お母さんはあとで話すから今はゆっくり回復に専念して欲しいと言った。

お母さん、それは答えを言ったようなものだよ。

その日のうちに記憶はしっかりと戻り、翌々日には車いすで動けるようにまでなった。そしてお母さんにゆう君のことを聞いた。私を抱えるように車とぶつかって、今もまだ眠ってると教えてもらった。ゆう君には面会謝絶で会うことも許されなかった。あーあ、やっぱり私の人生失敗じゃないか。関わる人は皆不幸になってしまうじゃないか。なのにどうして私だけ図太く生き残っているんだ。お父さんも、お母さんも、未空も、そしてゆう君も。

私は車いすに乗って病室を移動した。そう、412病室だ。ノックをする、どうぞという声が聞こえた。よかった。凛音さん、手術は乗り越えられたんだ。凛音さんは私を見ると涙をぼろぼろとこぼして、こちらにゆっくりと向かってきた。そして優しく抱き寄せてくれた。そして私はようやく泣くことができた。あの時と同じように。凛音さんの抱擁にはすごいパワーがあった。

「凛音さん、ごめんなさい。わたしのせいだ」

「あなたのせいじゃない。ってゆづ君が目覚めたらそういうだろうね」

私の頭を優しく撫でてくれた。そして続けてくれた。

「もし仮に、あなたの責任が数パーセントでもあったとしても、これだけ傷ついたのならもう罪も罰も全部清算されているのだよ」

私は凛音さんの匂いに包まれながらただただ涙を流していた。

「私だって責任を感じているのだよ。私に会いに来てくれた帰りの事故なのだから。私があの日まで一緒にいなかったら、もっと早く手放していれば、それか手放さなかったら」

凛音さんは耳元で小さく言った。次は私が力強く抱きしめる番だった。


「凛音さん、私ゆう君に告白、まだできてないんです。私、凛音さんから奪えなかった。負けちゃいました」

「未夢ちゃん、私はね、ゆづ君とはあのタイミングで別れたんだよ。そこに勝ちも負けも何もそこにはないのだよ」

凛音さんはニッカリと笑った。そこからいたずらっぽく笑って続けた。

「それに私はプロポーズも断っちゃったしね」

「プロポーズ!?」

知らない話が飛び込んできた。

「あれ？　話してなかった？　ゆづ君にピアノを弾いた後、彼がバラの花束を持ってきてプロポーズしてくれたんだよ」

そう恥ずかしそうに笑う凛音さん。

「やっぱり凛音さん嫌いです、敵です」

「やっと元気になってくれたね」

今度の笑顔はいじわるでも恥じらいではなく楽しそうな素敵な笑顔だった。

車いすを凛音さんが押してくれる。中庭に出た。凛音さんがおしるこの缶を買って渡してくれた。ゆづ君みたいに。

「私は決めたんだ」

凛音さんが笑顔を向けてきた。

「何をですか？」

「私には死ぬほど好きな人がいた。だから死んでもいいと思っていた。だけど、彼は眠ってしまった。だから私は負けない。自分の死を、運命を受け入れない」

凛音さんは手に持ったミネラルウォーターに口をつけた。ペットボトルが少しへこんだ。

「私はゆづ君が目覚めるまで、最後まで生き抜く。奇跡でも何でもいい、私は一日でも長く生きる。そしてもっと素敵な女性になってゆづ君が目覚める日を迎えびっくりさせるんだ」

凛音さんの目がとても生き生きしていた。ここ数週間の静かな目ではなく、明るい目になっていた。

「私はゆう君にちゃんと告白します」

「だめなのだよ。私はもう未夢ちゃんにはゆづ君をあげないのだよ」

「だったら、病気になんて負けないでくださいね」

凛音さんがニヤリと笑った。

「ゆづ君がモチベーションになったときの私の力を侮《あなど》ってはいけないのだよ」

ゆう君、私の告白はなんて返事するつもりだったのですか？　それだけでもいいのでまた教えてね。

この感情が思い出に変わる頃には、私があなたの隣にいられますように。

エンドロール　これまでの話とこれからの話と。

結月、何が人並みな人生だよ。誰よりも劇的なドラマチックな人生をやりやがって。未夢を守り切るとか一番ドラマチックじゃねーか。

放課後の繁華街、交差点を歩きながらため息をつく。せっかくできた友人が眠りについてしまった。知り合いばかり作ってきて友人がなかなかできない。そんな中、高校でできた親友、と言ってもいい友人だった。それなのに。お陰で学校も面白くない。

「あ、悠里さん、お久しぶりです。ちょうどよかった、お時間ありますか？」

気晴らしに入った本屋で声をかけてくれたのは中原さんだった。

「お久しぶりです。ありますよ。どこ行きましょうか。ファミレスでも行きますか？」

「だったらいいところがあります」

そう言って駅の近くの喫茶店までできたが、ＣＬＯＳＥＤとなっていた。「残念ですね、閉まっていますね」と言おうとしたら中原さんがおもむろにドアを開けて中に入った。不法侵入だ。

「父さん、ちょっとだけ場所を貸してほしい」

そうか、この人が中原さんのお父さんなんだね。ってことはあの人が例のマスターか。

僕らはゆっくりと結月との思い出を語り合いだした。そして中原さんも結月から相談を受けていたらしいのでその顛末を伝えた。

「結月さん、結月さんらしい生き方でしたね」

中原さんがそう言った。俺は頷く。

「多くの人を救いたいとか言っていた俺ですけど、大事な人一人救い切った結月のほうが何倍も尊く感じますね。あいつの人生に一生勝てない気がする」

僕はそう返した。

「だけど、これじゃまだバッドエンドなんですよ」

その中原さんの言葉に少しカチンと来てしまった。あいつの人生をバッドエンドとか言わないでくれ。

「アイツは全力で生きて今の結果があるんですよ。それをバットエンドだなんて」

「戦い続けている限り負けではないのです。生きている限りは負けじゃないのです。いつかは、必ず負けるかもしれませんが、生きている限り勝利の途中なのです。だから早く目覚めてもらわないと」

「けど、未夢を救った人生はそれだけでも十分価値はある」

言い過ぎた。俺らしくもない。少しだけ空気がピリついた。どうしよう、どうやって空気を戻そう。

「はい、おかわりのコーヒーでも飲んで落ち着いて。君たちおっさんみたいな会話しているね」

その空気をマスターが割って入ってくれた。僕の前に新しいカップを用意してくれた。

「そんな気分にもなりますよ」

俺は返した。するとマスターが言った。

「とあるロックスターが死に方よりも生き方だよなとか言っていたけど、並列で語るものじゃないと思うよ。軸が違う。だから会話が平行線になるんだよ」

マスターは続ける。

「お土産が配られている時に自分の番になるまで気付かないふりをする時間と、どういう生き方が重要か議論する時間、それら二つは人生に於《お》いて最も無駄な時間だよ」

僕らは黙り込んでしまう。

「僕はね、結月君の生き方がいいか悪いかとかは知らないけど、好きだったよ。人並みと見切りを付けながらも泥臭く悩みながらも一生懸命戦っていた姿は尊敬に値するよ。そして自分を顧みず人を救う姿も。もちろん早く目覚めてまた僕の悪戯に付き合ってほしいけどね」

マスターはにっこりと笑った。

「そうですね。確かにアイツがいないと学校がつまらなくて困るんだよな」

俺は一言だけ返した。

「そしてね、こうして彼の話をしてもらえる。それが一番彼の生き方が素晴らしいという証明なんじゃないのかな」

結月、いい人に囲まれていたのだな。俺はあいつの言う『人並み』な人生が羨ましくなった。

新しく出してくれたコーヒーに口を付けた刹那《せつな》、思いっきり吐き出した。なんだこれ。脳が混乱している。ゲホゲホと咳き込みながら、マスターに問いかける。

「マスター！　なんですかこれ!?」

「おしるこの上澄みだよ」

ニヤリと笑うマスターを睨みつける。早く目覚めろよ、結月。お前に話さなきゃならないことが山ほど出来そうだ。

この感情が思い出に変わる頃には、また一緒にバカやってられたらいいな。

俺はテーブルにこぼれた甘ったるい液体をそっと拭い取った。

その瞬間、机の上のスマホがまるで目を覚ましたかのように、鋭く鳴り響いた。

この物語はフィクションです。
実在の人物、団体等には一切関係ありません

本書は、ノベルアップ＋で二〇二三年十一月
に発表したものを、大幅な加筆・修正を行い
単行本化したものです

装画　yudouhu
装丁　田中久子

善意の第三者（ぜんいのだいさんしゃ）

兵庫県神戸市生まれ。元SEの図書館司書。2022年から本格的に小説の投稿・公募を始める。趣味はバイク、楽器演奏。他に危険物やFP技能士、フォークリフト免許など使わない資格を集めるのが趣味。本書は書籍デビュー作となる。Xのアカウントは@zen_e3

この感情が
思い出に
変わる頃には、

発行日　2024年10月1日　初版第1刷発行

著　者　善意の第三者
発行者　秋尾弘史
発行所　株式会社 扶桑社
〒105-8070
東京都港区海岸1-2-20　汐留ビルディング
電話　03-5843-8842（編集）
03-5843-8143（メールセンター）
www.fusosha.co.jp
DTP制作　アーティザンカンパニー 株式会社
印刷・製本　中央精版印刷 株式会社

JASRAC 出 2406671-401

Printed in Japan　ISBN978-4-594-09830-8